Carola Clasen
Das Fenster zum Zoo

Carola Clasen wurde 1950 in Köln geboren. Nach einem Sprachenstudium arbeitete sie bis zu ihrer Heirat in Belgien. Später veröffentlichte sie zahlreiche Kurzgeschichten im Rundfunk. 1998 erschien ihr erster Eifel-Kriminalroman »Atemnot«. 2001 erschien bei KBV der Eifel-Krimi »Novembernebel«.
Sie lebt in Hürth bei Köln und ist Mitglied im SYNDIKAT sowie bei den SISTERS IN CRIME.

Carola Clasen

Das Fenster zum Zoo

KBV
KRIMI

Originalausgabe

www.kbv-verlag.de
E-Mail: info@kbv-verlag.de
Telefon: 0 65 93 - 99 86 68
Fax: 0 65 93 - 99 87 01
Redaktion: Volker Maria Neumann, Köln
Umschlagillustration: Ralf Kramp, Hillesheim
Druck: Westermann Druck, Zwickau
Printed in Germany
ISBN 3-934638-83-X

Für
Stephan und Jan

1. Kapitel

Danach irrte sie voller Panik durch die Straßen. Sie verlief sich, wusste nicht mehr, wo sie war, ehe sie ans Wasser kam. An den Rhein. Sie lief den gepflasterten Weg hinunter zum Ufer. Das Wasser war schwarz in der Nacht, schlug gluckernd gegen das Ufer, und es roch nach Öl und Tang. Kleine Schaumkronen schoben sich an Land.

Wasser zog sie an, schon immer. Als Kind war sie gerne geschwommen. Aber das war lange her. Sie wusste nicht, ob sie es noch konnte, ob man Schwimmen verlernen kann oder ob es ist wie Gehen und Laufen.

Sie ging in die Hocke, um Luft zu holen und nachzudenken, nur einen Moment. Sie sah sich um. Zur Mülheimer Brücke hin wurde die Uferwiese mit ihren einzelnen Bäumen und Büschen breiter. Manchmal graste hier eine Schafherde. Manchmal schliefen hier Jugendliche unter freiem Himmel. Heute war sie allein.

Und trotzdem fühlte sie sich beobachtet.

Ein Frachtschiff glitt vorbei, sie hörte den tuckernden Motor des Schiffes erst, als es auf gleicher Höhe mit ihr war. Es lag hoch im Wasser, von jeder Last befreit, und fuhr flussabwärts, Richtung offenes Meer. Ein Licht brannte im Fährhaus und eines an Bug und Heck. Wäsche flatterte auf einer Leine. Sie wünschte, sie könnte einfach aufspringen, wegfahren, nur weg – nach dem, was geschehen war. Schon wieder weg.

Sie begriff es immer noch nicht. Sie hatte an alles gedacht, alles geplant. Es hätte nicht passieren dürfen. Gerade ihr nicht. Und nicht hier in Köln.

Sie war noch nicht lange hier, kein halbes Jahr, und es hatte gut angefangen. Jetzt wäre es vollkommen gewesen, ein wirklicher Neubeginn. Sie war gern hier. Nicht unbedingt in der Stadt, von der sie kaum etwas wusste, sondern im Zoo. Sie war es nicht gewöhnt, mit offenen Armen empfangen zu werden. Aber ihr Kollege Mattis war nicht wütend auf sie gewesen, als sie die Bären übernommen hatte, die er bis dahin gepflegt hatte. Sie an seiner Stelle wäre wütend gewesen, mehr als das. Sie hätte den Zoo sofort verlassen. Nichts hätte sie dort mehr halten können. Nichts.

Und jetzt hatte sie alles aufs Spiel gesetzt. Jedes Wort von ihr würde eine andere Bedeutung haben. Alles, was sie tat, würde beobachtet werden. Wenn der Verdacht erst einmal da war, blieb er haften – vielleicht zu Recht, vielleicht die Strafe für bodenlosen Leichtsinn.

Es war eine warme Nacht, und sie zog die schweren Arbeitsschuhe und die groben Socken aus, in denen ihre Füße brannten, wie immer nach einem langen Tag. Sie ging ins Wasser. Knietief watete sie am Ufer entlang, aber ihre Füße kühlten nicht ab.

Woher ihre Leidenschaft für Bären kam, wusste sie nicht genau. Vielleicht hatte es mit dem hellbraunen Stoffbären angefangen, den ihr Vater ihr geschenkt hatte, als sie noch nicht einmal vier gewesen war, und der Vater kurz darauf für immer aus ihrem Leben verschwand. Danach war sie viel allein, ihre Mutter ging wieder arbeiten, ließ sie tagsüber bei der Nachbarin zurück und nachts allein in ihrem Bett. Der neue Vater, der eines Tages auftauchte, war nicht wie der alte. Man konnte Väter nicht einfach austauschen.

Aber was ist ein Stoffbär gegen einen ausgewachsenen Braunbären. Gegen einen Grizzly. Seine Größe war es, die sie am meisten beeindruckte. Nein, angefangen hatte es mit dem Zirkus. Nicht mit dem Stoffbären. Der Zirkus war in die Stadt gekommen. Und der Zirkus hatte einen Tanzbären gehabt.

Erst hatte sie mit den anderen Kindern geklatscht, als er seine Runden aufrecht stehend drehte, im Takt der Musik. Zwar hatten sie der Maulkorb und die Leine, an der er hilflos hing, gestört, doch es hatte lustig ausgesehen. Erst viel später fand sie es demütigend, als sie durch einen Zufall erfuhr, wie ein Dompteur einen Bären zum Tanzen bringt; der Zufall, der ihr Leben veränderte.

Unvergesslich die Vorstellung, den Bären zu einer bestimmten Musik auf einer brennend heißen Fläche aufrecht stehen zu lassen. Die Musik vergisst der Bär nie mehr. Wenn er sie hört, erinnert er sich an die unerträgliche Hitze und hebt seine Tatzen auf und ab, um sie ertragen zu können.

Und es war, als hätte ihre kindliche Welt Risse bekommen.

Sie hörte ein Plätschern, vielleicht ein Fisch, der hochgesprungen war, aber dann sah sie den Punkt in den schaukelnden Wellen. Einen Punkt an einem Faden, und der Faden führte an Land, und da saß er. Der Angler.

Er saß ein paar Meter von ihr entfernt zwischen zwei niedrigen Büschen. Er musste sie gesehen haben, als sie gekommen war. Es war zu spät sich zu verstecken oder still zu verhalten, die Füße im Wasser nicht mehr hin und her zu schieben.

Mit den Jahren waren ihr grausame Bilder von Bären in die Hände gefallen. Bären als lebende Zapfsäulen für angebliche Medikamente, Bären in Verließen und viel zu engen Käfigen. Einsame Bären mit traurigen Augen, gequält und misshandelt. Bären, denen man die Tatzen abgehackt hatte, um Souvenirs daraus zu machen. Und ihre Jäger, die stolz Bärenköpfe und Felle in die Kamera hielten. Es waren immer Männer, die so etwas taten; ihr Misstrauen hatte sich schon früh auf Männer konzentriert.

Den nächsten lebenden Braunbären hatte sie im Zoo gesehen: Kaspar. Und sie hatte immer auf seine Tatzen schauen müssen, die zwar groß und breit aussahen, aber auch weich und empfindsam. Alles andere hatte sich von selbst entwickelt. Die Arbeit im Zoo in den Schulferien, während die Mitschülerinnen verreist waren, der erste Kontakt mit dem Bären – da hatte ihre Berufswahl schon festgestanden. Nach dem Schulabschluss war sie zurückgekommen, und ihr eigentliches Leben hatte beginnen können. Kaspar war noch da gewesen und hatte sie wiedererkannt, als hätte er auf sie gewartet. Gefolgt waren die Ausbildung zur Tierpflegerin im Zoo und das Angebot zu bleiben, bei dem Bären. Ein Leben lang, das war es, was sie wollte. Nur das. Er würde sie nie verlassen. Solange es den Bären gab, wäre sie nie mehr allein.

Die Sonne ging über der Mülheimer Brücke auf. Der Himmel wurde heller, das weiche Licht verdrängte fast übergangslos die Nacht. Sie hörte einen surrenden Ton, ein Klicken und Schnappen. Sie verließ sich nicht auf ihr Gehör, sondern blickte sich vorsichtig um. Der Angler stand auf, holte die Angel ein, packte seine Tasche, klappte den Hocker zusammen und ging ganz dicht hinter ihr zur Boltensternstraße hinauf.

»Morgen«, brummte er, und sie zuckte zusammen.

»Geht nichts über einen Sonnenaufgang am Rhein. Aber ich muss noch zur Arbeit.«

Er sah sich nicht mehr nach ihr um, und sie atmete auf.

Sie musste hier verschwinden, ehe die Stadt erwachte und alle sie sehen würden. Sie trocknete die Füße mit ihren Socken ab, zog die feuchten Socken über und stieg in die Arbeitsschuhe, an denen noch der Dreck der letzten Nacht klebte. Erde und Matsch aus dem Bärengehege, Stroh aus der Höhle, Trittspuren auf der Kappe von ihren eigenen Schuhsohlen, Kratzer von den Krallen des Bären. Auch ihre

Arbeitshose war dreckiger als sonst. Am linken Hosenbein entdeckte sie einen Riss, über die Haut darunter zogen sich Lehmstreifen.

Sie hätte im Schutz der Dunkelheit nach Hause gehen sollen, jetzt würde man ihr alles ansehen.

Der Autoverkehr hatte noch nicht begonnen. Sie ging mit schnellen Schritten über die stille Boltensternstraße und bog am Blumengroßmarkt links in die Barbarastraße ein.

Ein Zeitungsjunge fuhr auf seinem Fahrrad ohne Licht an ihr vorbei, ein herrenloser Hund hob an einer Haustür sein Bein, und die Amseln auf den Dächern begannen in den Morgen zu singen.

Zu Hause schlich sie in ihr Zimmer, so wie sie sich vor ein paar Stunden herausgeschlichen hatte, auf Socken. Sie schloss die Tür hinter sich ab. Das tat sie sonst nie. Die Arbeitsschuhe stellte sie in den Schrank, dann legte sie sich aufs Bett, so wie sie war, in der dreckigen Arbeitshose mit dem Riss im linken Hosenbein. Auch das tat sie sonst nie.

Es war keine Nacht wie jede andere gewesen.

Sie schloss die Augen und wartete darauf, dass die Wecker ihrer beiden Mitbewohnerinnen links und rechts von ihr zu klingeln anfingen. Sie hatten ihre Wecker auf die gleiche Zeit gestellt, sie fuhren zusammen zur Arbeit. Wenn sie gingen, war es auch für sie an der Zeit aufzustehen. Aber heute war alles anders. Heute würde sie nicht aufstehen können.

Als die Wecker klingelten, erschrak sie, obwohl sie nicht geschlafen hatte. Sie lauschte den Geräuschen. Türen schlugen, Schubladen wurden auf- und zugemacht. Christine ging ins Bad. Christine ging immer an ungeraden Tagen zuerst ins Bad. Sie hatten ihr Ritual, damit sie rechtzeitig fertig wurden.

Während Christine duschte, machte Sabine das Frühstück für drei Personen. An geraden Tagen war es umgekehrt.

Christine und Sabine waren die einzigen Freundinnen, die sie je gehabt hatte, abgesehen von Kinderfreundschaften, die vergingen. Sie waren ein Glücksgriff. Als sie sich auf das Inserat hin gemeldet hatte – *Kleines Zimmer in Frauen-WG* –, hatte sie mit Frauen gerechnet, die sie eingehend beobachten würden und vielleicht Anstoß daran nehmen könnten, wie sie lebte, wie sie gekleidet war, wie sie ihr Haar trug. Und wie schwerfällig sie war.

Christine und Sabine hatten nichts dergleichen getan. Manchmal hatte sie das Gefühl, sie könnten Schwestern sein, so selbstverständlich war ihr Zusammenleben. Sie selbst hatte keine Geschwister.

»Nelly. Aufstehen!«

Sabine hämmerte an ihre Tür. Aber sie konnte nicht öffnen. Sie konnte nicht aufstehen. Ihr Körper war schwer, schwerer als sonst, er gehorchte ihr nicht, war wie gelähmt, wie Blei.

»Nelly!«

Sie bekam keinen Ton heraus, als sie den Mund öffnete.

»Nelly! Ist alles in Ordnung bei dir?«

Dann schaffte sie es doch, die Tür zu öffnen.

»Du bist ja schon angezogen«, sagte Sabine und sah an ihr herunter. Aber sie sah nicht die Spuren der Nacht, sie war in Eile.

»Wir müssen los«, rief Christine. Sie wartete schon in der Diele.

»Tschüss!«

Sie konnte nicht frühstücken. Sie räumte den Tisch ab und verstaute Brot, Marmelade und Käse im Kühlschrank. Den Kaffee goss sie in eine Thermoskanne.

Als sie zur Arbeit ging, war sie viel später dran als sonst. Der Zoo lag friedlich da, wie immer, wie jeden Morgen. Hatte niemand nach dem Grizzly gesehen? War niemand in sein Gehege gegangen? Der Zoo hatte längst seine Tore geöffnet. Hatte kein Zoobesucher etwas bemerkt?

Es blieb an ihr hängen. Sie musste Alarm geben, um Hilfe schreien. Dabei hatte sie schon längst keinen Atem mehr.

2. Kapitel

Gut, dass ich ein Hobby habe«, sagte Lorenz Muschalik jedem, der ihm die Hand zum Abschied gab.

Es war der 19. Juli, ein Mittwoch und sein letzter Tag im Dienst. Das Alkoholverbot im Polizeipräsidium Köln war vorübergehend aufgehoben, und Muschalik hatte genügend Sekt kaltgestellt, sodass alle auf ihn trinken konnten. Und er hatte zwei Platten mit belegten Brötchen aus der Kantine kommen lassen, eine mit Käse und eine mit Wurst. Die Kollegen von der Mordkommission schenkten ihm zum Abschied ein Foto, ein Gruppenbild mit Chef und mit Lise Becker, der Sekretärin, vorne kniend in der ersten Reihe, im hellen Kostüm. Auf dem Passepartout hatten alle unterschrieben.

Staatsanwalt Henrik van Dörben war seiner Einladung gefolgt, ebenso Gerichtsmediziner Theo Fürbringer und der Ballistiker Kai Lennartz. Wer einen einlud, lud alle ein, obwohl sie unterschiedlicher nicht sein konnten. Kai ließ sich keine Feier entgehen, keinen Schluck Alkohol und vor allem nicht die Gelegenheit, einen Blick auf das weibliche Personal zu werfen. Er war im Präsidium für seine Affären bekannt. Er färbte seine Haare weißblond, trug flippige Kleidung und im rechten Nasenflügel ein Piercing. Er war charmant und witzig und die Frauen im Präsidium fanden ihn alle »süß«, allein Lise Becker sah ihm nicht nach.

Van Dörben und Theo waren ganz anders.

Van Dörben lebte nur für seine Gesetze und vor allem für die Lücken, die sie boten, wenn man sie nur genügend studierte. Er war geradezu versessen darauf, das Gesetz zu dehnen, wo immer es möglich war. Jeder im Präsidium wusste, dass er an den Wochenenden vor seiner jungen Familie floh, sich mit dem Gesetzbuch an irgendeinen abgelegenen Teich im Erftkreis setzte und die Angel auswarf. Gesetzeslücken ausfindig zu machen, war seine Passion, nicht das Angeln. Er mochte keinen Fisch, und er fing auch nie etwas. Wahrscheinlich angelte er sogar ohne Köder. Aber beim Angeln fand er die Ruhe, die er brauchte.

Und Theo war unten im Keller in seinen kalten Sezierräumen mit den Jahren weltfremd geworden. Er war wortkarg. Man konnte kein harmloses Schwätzchen mit ihm halten, weil er immer nur das Nötigste sagte. Er war ein Mann der Fakten. Er hasste es, wenn Gerüchte in die Welt gesetzt wurden, und im Polizeipräsidium wurde wie in jeder anderen Behörde kräftig getratscht. So blieb er meist allein, man sah ihn nie im Flur mit jemandem reden, seine Telefonate waren kurz und knapp und wenn man zu ihm gehen musste, war man in zwei Minuten wieder draußen.

Auch heute sagte Theo nichts, stand allein herum und nippte an seinem Wasserglas. Er trug eine Fliege, einen kleinen akkuraten Schnäuzer und eine goldene Taschenuhr und wirkte ein bisschen wie aus einer anderen Zeit.

»Ich bin nicht gut im Reden«, hatte er Muschalik erklärt, als sie das erste Mal miteinander zu tun hatten, »ich arbeite den ganzen Tag mit Leichen. Sie sind ziemlich schweigsam.« Die einzige Unterhaltung in seinem kalten Keller kam von seinem Walkman, den er ständig trug. Er liebte Edvard Grieg. Beim Sezieren pfiff er dazu.

Die Kollegen hatten alle leider nicht viel Zeit, wollten sich nur kurz blicken lassen und ihm Gesundheit wünschen für den Rest seines Lebens. Sie sagten, dass sie ihn um seine Freiheit beneideten, er solle sie genießen. Dann sprachen sie durcheinander, nicht mehr mit ihm, sondern über seinen Kopf hinweg über dienstliche Belange.

Nach einer halben Stunde war alles vorbei, Muschalik blieb allein zurück und trug die Reste in die Teeküche, stellte das Fenster in seinem Büro auf Kipp und warf einen letzten Blick hinunter in den Hof. Dann räumte er seine Kaffeetasse, den Kamm aus der Schublade und den Schal von der Garderobe in seine Aktentasche und ließ auch den Kaktus nicht zurück, der seit Jahren auf seinem Schreibtisch in unveränderter Größe stand.

Leise zog er die Tür hinter sich zu. Sein Namenschild fischte er aus der Plastikhalterung und zerknüllte es in seiner Hosentasche.

»Das war's, Muschalik«, sagte er.

Er hatte sich seinen Abschied anders vorgestellt.

Als er am Morgen zum letzten Mal um sechs Uhr den Wecker zum Schweigen gebracht hatte, hatte er einen unangenehmen Druck in der Magengegend verspürt. Er hatte sich lange auf den neuen Lebensabschnitt gefreut. Seine Frau Betty, die vor fünf Jahren gestorben war, und er, sie hatten Pläne gemacht für die Zeit *danach*. Sie wollten vor allem gemeinsam reisen, sie hatten noch nicht viel von der Welt gesehen. Ihr zuliebe hatte er auch nach ihrem Tod auf der Vorruhestandsregelung bestanden, sogar Urlaubstage angesammelt um früher aufhören zu können, und sich geweigert darüber nachzudenken, dass die Dinge nun anders lagen – für einen Witwer wie ihn. Heute morgen aber hatte er gewünscht, der Tag selbst wäre schon vorbei. Er liebte es nicht, im Vordergrund zu stehen. Er fürchtete eine Rede vom Chef und viel Brimborium um seine Person. Er fürchtete vor allem, nicht Herr seiner Gefühle zu sein. Nach dem Wecken hatte er kalt geduscht, sich sorgfältig rasiert, seinen besten Anzug angezogen, in dessen Stoff kleine Karos eingewebt waren, und war ein letztes Mal mit schwerem Herzen und seiner Aktentasche zum Dienst gegangen.

Jemand tippte auf seine Schulter, und als er sich umdrehte, fiel ihm der Kaktus aus der Hand. Olaf Kraft von der Mordkommission stand hinter ihm und sah zufrieden aus. Kraft war sein Nachfolger.

Kraft lief stets in nicht mehr ganz schwarzer, leicht ergrauter Kleidung herum und hatte sich für eine Stoppelfrisur entschieden – seine Haare waren höchstens einen Zentimeter lang. Auch er hatte sich zurückhaltend gezeigt, keine Umarmung unter Männern, kein Schulterklopfen.

Kraft bückte sich und hob den Kaktus vorsichtig auf. Die herausgefallene Erde verwischte er mit dem Schuh.

»Alles klar, Lorenz?«, wollte er wissen.

»Natürlich.«

Muschalik nahm den Kaktus ungeschickt an sich und stach sich in den Daumen.

»Du hast es so gewollt, nicht wahr?«

»Den Vorruhestand, meinst du?« Muschalik sah irritiert auf den Blutstropfen an seinem Daumen.

»Ja, den auch. Aber ich meine die Abschiedsfeier.«

Er hatte mit Kraft über seine Bedenken vor dem letzten Tag im Dienst gesprochen und dass er sich wünschte, es wäre ein ganz normaler Tag, nur eben der letzte.

»Es war nicht einfach, den Chef von seiner Rede abzuhalten und der Lise die Girlanden zu verbieten, das kannst du mir glauben. Wir hätten dich gern groß gefeiert, das weißt du.«

»Danke«, sagte Muschalik und leckte das Blut ab.

Kraft war ein Imi und Vater von sechsjährigen Zwillingen, Tim und Tom. Sie hatten rote Haare und blaue Augen. Toms Gesicht war von Sommersprossen wie mit Sternen übersät, Tims Haare kringelten sich zu kleinen Locken. Ihr Vater konnte keine Ähnlichkeit mit ihnen vorweisen. Kraft wirkte immer ein bisschen orientierungslos. Sein Privatleben schien ein Chaos zu sein. Muschalik und Kraft hatten sich auf einem Gewerkschaftsseminar kennen gelernt. Kraft wollte Karriere machen, und als er von Muschalik hörte, dass in Köln der Posten des Hauptkommissars demnächst neu zu besetzen sei, hatte er sich beworben. Vor einem halben Jahr war er dann von Wiesbaden nach Köln gekommen, zur Einarbeitung. Er hatte seine Familie vorerst dort zurückgelassen, die nachziehen wollte, sobald er eine passende Wohnung gefunden hätte. Muschalik hatte den Verdacht, dass die räumliche Trennung von seiner Frau Rosa auch ein Test für ihre Ehe sein sollte. Denn Rosa machte keine Anstalten umzuziehen. In der Zwischenzeit teilten sie sich die Kinder. Kraft, der wohl beweisen wollte, dass er ein guter Vater war, holte die Kinder so oft es ging nach Köln. Aber wenn sie bei ihm waren, wusste er nichts mit ihnen anzufangen. Fast jeder in der Abteilung hatte die Zwillinge schon gehütet, allen voran Lise Becker. Sie hatten schon viele Nachmittage mit ihr und dem Katalog mit den Fahndungsfotos als Malvorlage im Polizeipräsidium verbracht.

»Sehen wir uns mal im Zoo, Lorenz?«, fragte Kraft.

»Ja. Wir sehen uns im Zoo.«

Denn Muschaliks Hobby war der Zoo. Der Kölner Zoo.

* * *

Zu Hause stellte er den Kaktus auf die Fensterbank und schob die Aktentasche mit Inhalt weit unters Bett. Sie hatte ihren Dienst getan, sie hatte ein Anrecht auf Ruhe, wie er. Am Küchenfenster zog er sich mit einer Pinzette den Stachel aus dem Daumen und dachte nach.

Betty hatte ihn vor fünf Jahren mit all dem zurückgelassen, womit er sich nicht auskannte: mit schmutziger Wäsche, einem defekten Staubsauger, einem Fensterputzgerät, einem Dampfkochtopf und einer Tiefkühltruhe, in der geheimnisvolle Päckchen ruhten. Aber er hatte den Kampf aufgenommen, auch gegen die Einsamkeit, die über ihn hergefallen war wie ein Raubtier. Inzwischen kam er gut zurecht, allein. Er hatte den Haushalt neu organisiert, obwohl Betty damit nicht einverstanden gewesen wäre. Die Wäsche gab er in die Wäscherei, warm gegessen wurde nur während der Woche in der Kantine, den Staubsauger ersetzte er endlich durch ein neues Gerät, und Fensterputzen stellte sich als relativ einfach heraus, wenn man es mit den Schlieren nicht so genau nahm. Und das tat er nicht.

Betty hatte seine Liebe zum Zoo geteilt, auch die Patenschaft für den Marabu, die sie kurz vor ihrem Tod übernommen hatten. Die Wahl war auf den Marabu gefallen, weil die zweihundertfünfzig Euro »Betriebskosten« für ihn eher dem Gehalt eines Hauptkommissars entsprachen als etwa die Summe für einen stolzen Löwen. Außerdem riss sich niemand um ihn, er war nicht besonders schön anzusehen, weder als junges noch als ausgewachsenes Tier. Dafür, dass er zur Familie der Störche gehörte, war er geradezu hässlich.

Während der letzten fünf Jahre hatte Muschalik seine freie Zeit zwischen dem Nordfriedhof und dem Zoo aufgeteilt. Er wohnte auf der Florastraße gegenüber St. Hildegardis. Betty und er waren es leid gewesen, durch die halbe Stadt aus Klettenberg mit der KVB anzureisen. Sie hatten sich jahrelang vergebens um eine Wohnung auf der Stammheimer Straße bemüht, mit Blick auf den Zoo. Einmal wäre es ihnen beinahe gelungen. Eine ältere Dame hatte einen Platz im Altersheim gefunden und suchte einen Nachmieter. Die Wohnung wäre genau richtig gewesen für Muschalik und Betty; Wohnküche, Schlafzimmer, Bad und Balkon im obersten Stockwerk und uneingeschränkte Sicht auf den Zoo. Aber kurz bevor die Sache spruchreif geworden war, hatte Berta Heimbach ihr Angebot zurückgezogen. Sie konnte sich nicht von ihren Möbeln trennen und wollte lieber nach einer mobilen Betreuung Ausschau halten. Betty hatte Verständnis gehabt, Muschalik war wütend auf Berta Heimbach gewesen, deren Namen er nie wieder vergessen würde; so nah am Ziel, das konnte er ihr nicht verzeihen. So hatten sie sich mit einer Wohnung in der Florastraße begnügen müssen, von der ein Fußweg von nur zehn Minuten – wenn man zügig ging – zum Haupteingang des Zoos führte. Selbst zum Nordfriedhof konnte er zu Fuß gehen, die Neußer Straße hoch bis zur Friedrich-Karl-Straße und dann links auf die Merheimer Straße. Muschalik ging gern zu Fuß.

Köln-Nippes war schnell sein *Veedel* geworden. In dem kunterbunten, multikulturellen Stadtviertel fühlte Muschalik sich wohl. Er war nicht der einzige Fremde.

Ab heute sah alles anders aus. Muschalik war jetzt Herr seiner Zeit, jeden Tag in der Woche, im Monat, im Jahr, von morgens bis abends. Er konnte sich sein Leben ganz neu einrichten. Und er hatte fest vor, das Beste daraus zu machen, auch ohne Betty.

Aber er konnte in der Kantine des Polizeipräsidiums kein warmes Essen mehr bekommen. Er dachte daran, sich ein Kochbuch zuzulegen. Betty war eine intuitive Köchin gewesen, die nach Lust und Laune gekocht hatte, ohne schriftlichen Rückhalt. Zutaten wählte sie nach Stimmungslage aus, Gewürze nach der Jahreszeit, nach ihrem Duft und ihren Farben. So schmeckte ein gewöhnlicher Schweinebraten jedes Mal anders.

Er wollte das Kochen eher systematisch als kreativ angehen, wie es seine Art auch in anderen Dingen war. Im Beruf hatte es sich bewährt, warum sollte es beim Kochen anders sein.

Muschalik tauschte bei diesen Überlegungen seinen guten karierten Anzug gegen die olivgrünen Cordhosen und das karierte Flanellhemd. Er suchte seine Wanderschuhe hervor, setzte seine karierte Schirmmütze auf und zog noch den karierten Blouson über. Seine Liebe zu Karos hatte Betty nicht geteilt, sie war ihr vielmehr ein Dorn im Auge gewesen. Es waren diese Kleinigkeiten, die ihn an sie erinnerten.

Er steckte sein Portemonnaie in die Gesäßtasche. Heute wollte er eine neue Jahreskarte für den Zoo kaufen, nach einem Kochbuch für Anfänger Ausschau halten und Betty von der misslungenen Abschiedsfeier erzählen.

Es war Juli und Sommer in Köln, seine Stimmung wurde besser mit jeder Minute, in der er sich über seinen neuen Lebensabschnitt klar wurde. Er war frei, und alle Tiere im Zoo erwarteten ihn. Voller Vorfreude dachte er an das Glücksgefühl, das ihn befiel, sobald er der Stadt mit ihrem Lärm und Gestank den Rücken kehren und eintreten konnte in diese andere, fremde Welt. Obwohl der Verkehr noch deutlich zu hören war, stellten sich seine Ohren sofort auf den Ruf der Wildnis ein, ein schrilles Pfeifen, ein dumpfer Schrei, ein forderndes Grunzen von irgendwoher. Und dazu der bittere, strenge Geruch nach einem Leben, in dem Fressen und Gefressenwerden ganz nah beieinander liegen. Trotz Wassergräben, Panzerglas und Fanggittern spürte er eine vage Gefahr. Er hatte keine besondere Vorliebe für bestimmte Tiere, abgesehen von seinem Patenkind, dem Marabu. An manchen Tagen zog es Muschalik zu den Raubtieren, an anderen zu den Affen, es war eine Frage seiner Tagesform.

Aber er unterwarf sich stets einem Thema, einem Lebensraum oder einer Gattung. Er wollte nicht gedankenlos im Zoo hin und her laufen, ohne Sinn und Ziel.

Heute war ihm nach Wasser. Nach Seelöwen oder Flusspferden. Die Sonne stand am Himmel, ein heißer Tag stand bevor.

Und es war erst elf Uhr, die ideale Zeit für einen Zoobesuch.

* * *

Als er die Stammheimer Straße überquerte, sah er zwei Einsatzfahrzeuge der Polizei vor dem Haupteingang stehen, den Wagen des Notarztes und einen Leichenwagen. Er reihte sich in die Gruppe der Schaulustigen ein, die sich auf dem Vorplatz versammelt hatte und durcheinander sprach, rätselte und nach Aufklärung suchte, und er versuchte zu verstehen, was geschehen war:

Ein Toter im Zoo.

Ein Kind? Ein Mann!

Die Löwen? Nein, die Bären. Der Grizzly.

Zerrissen, zerfetzt?

Über das Gitter geklettert, gefallen, gestürzt?

Der Bär krank, vielleicht voller Schmerzen durchgedreht?

Welch ein Wahnsinniger!

Nachts im Zoo!

Was hatte er dort verloren?

Kein Wunder!

Niemand darf den Zoo betreten!

Die Einsatzfahrzeuge waren leer, und Muschalik drängte sich bis zum Eingang vor, der von einem Polizisten bewacht wurde.

»Ich bin von der Mordkommission Köln«, stellte er sich vor und vergaß, dass er es seit ein paar Stunden nicht mehr war.

»Einen Kommissar haben wir schon«, wies der Polizist ihn zurück.

»Aber es stimmt«, bestätigte die Kassiererin, »er ist Kommissar.«

Der unbekannte Kollege ließ ihn widerwillig durch. Im Laufschritt passierte Muschalik die Anlagen der Fischotter, Präriehunde und Erdmännchen und die ersten beiden Bärenanlagen, in denen die kleineren Brillen- und Malaienbären leben.

Um das Revier des Grizzly war schon das gelbe Absperrband gezogen. Unten standen Olaf Kraft und Staatsanwalt Henrik van Dörben, der es sich grundsätzlich nicht nehmen ließ, einen Tatort höchstpersönlich zu inspizieren. Drei Männer von der Spurensicherung krochen in weißen Papieranzügen auf allen vieren und sahen wie junge Eisbären aus. Der Tierpfleger Mattis Oldenburg, der sommers wie winters eine blaue Pudelmütze trug, und der Zoodirektor Professor Dr. Nogge waren ebenfalls da. Eine Kamera surrte. Im Wassergraben schwamm ein Schuh. Der Grizzly war in seiner Höhle eingesperrt, und er grollte vor Zorn darüber.

»Lorenz!« Kraft brachte ein Lächeln zustande, als er ihn sah. »Treffen wir uns also auf diese Weise im Zoo.«

»Ja. Leider. Aber was machst du eigentlich hier? War es etwa kein Unfall?«

»Keine Ahnung. Während wir fröhlich deinen Abschied im PP gefeiert haben, waren unsere uniformierten Kollegen längst hier. Aber ihnen war die Sache viel zu heiß. Ist ja auch ein starkes Stück. Hat es das schon mal gegeben?"

»Ne.« Muschalik schüttelte den Kopf.

»Das haben sie sich auch gedacht. Und kaum warst du aus der Tür, auf dem Weg in die Freiheit, haben sie sicherheitshalber Unterstützung angefordert.«

»Dein erster Einsatz. Als Chef, meine ich.«

»Na, und was für einer. Er hieß übrigens Ben Krämer und war Fotograf«, sagte Kraft und zeigte auf den Toten.

»Wer hat ihn gefunden?«

»Sie.«

Kraft zeigte auf Nelly Luxem, die abseits stand. Sie sei die neue Bärenpflegerin und vor einem halben Jahr von Duisburg nach Köln gekommen. Sie habe Mattis abgelöst, der jetzt im Südamerika-Haus arbeite. Sie solle eine Kapazität sein, was Bären anging, und sei jetzt für alle Braunbärenarten verantwortlich.

Im April war der Grizzly Jonny im Kölner Zoo schwer erkrankt und drohte zu sterben, und man hatte die Duisburger um Hilfe gebeten. Nur eine Spezialistin wie Nelly Luxem konnte ihm noch helfen. Und tatsächlich, unter ihren routinierten Händen genas der Grizzly in erstaunlich kurzer Zeit. Nelly Luxem kehrte trotzdem nicht nach Duisburg zurück.

Ihre Arbeit in der Bärenanlage teilte Nelly Luxem mit zwei anderen Tierpflegern, die ihr zugeteilt worden waren. Mattis hatte das Angebot, mit ihr zusammen zu arbeiten, strikt abgelehnt. ›Entweder sie oder ich‹ – Muschalik konnte sich noch genau an Mattis Worte erinnern, als er ihn damals darauf angesprochen hatte. Mattis war ein Dickkopf.

Nelly Luxem war stämmig und ungewöhnlich groß, größer als ihre männlichen Kollegen. Sie trug Arbeitshosen und ein T-Shirt, beides in olivgrün, und wie immer ein rotes Halstuch. Ihre langen, hellbraunen Haare waren nachlässig im Nacken mit einem Gummiband zusammengebunden. Muschalik schätzte sie auf Ende dreißig.

Sie wirkte heute noch ein bisschen mürrischer und abweisender als sonst.

»Ich kenne sie«, sagte Muschalik.

»Du kennst hier wohl alle?«, erwiderte Kraft.

»Beinah.«

»Auch Ben Krämer?«

»Den nicht.«

»Er war seit einer Woche mehr oder weniger täglich hier, um eine Fotoserie über die Kölner Bären zu machen.«

»Es ist zwischen zwei und vier Uhr am Morgen passiert, schätze ich«, fügte der Notarzt hinzu, »die genaue Uhrzeit wird Ihr Gerichtsmediziner bestimmen.«

»Nachtfotos waren nicht abgesprochen«, mischte sich Professor Nogge ein, »er hatte nicht die Erlaubnis dazu.«

»Wie konnte er dann in den Zoo kommen?«, fragte Muschalik. Der Zoodirektor zeigte auf die Kalksandsteinmauer, hinter der die Riehler Straße liegt, eine glatte, weiße Mauer von circa zweieinhalb Metern Höhe.

Muschalik wandte sich der Bärenpflegerin Nelly Luxem zu: »Wann haben Sie ihn gefunden?«

»Vor einer Stunde etwa.«

Um zehn Uhr hatte er nach seiner Abschiedsfeier im Polizeipräsidium zu Hause seinen Anzug gegen die Cordhosen getauscht. Die Zeiten, in denen Muschalik als Erster über Vorfälle wie diese benachrichtigt wurde, waren ab heute vorbei. Wenn er nicht von selbst den Weg in den Zoo gefunden hätte, dann wüsste er es jetzt noch nicht.

»Kommen Sie immer so spät zur Arbeit?«, fragte Muschalik automatisch weiter.

»Nein. Ich habe verschlafen.«

Professor Nogge nickte zur Bestätigung.

»Und wo lag der Tote?«

»An verschiedenen Stellen«, sagte Nelly Luxem abweisend.

»Er war schließlich zerfetzt«, sagte Kraft, »ein Bein hier und eines dort ...«

Mattis Oldenburg schüttelte in unregelmäßigen Abständen den Kopf unter seiner blauen Pudelmütze und enthielt sich eines Kommentars.

Kraft ging von einem zum anderen.

»Haben *Sie* denn nichts gehört?«, fragte er schließlich den Zoodirektor, der in der gelben Villa zwischen dem Südamerika-Haus und den Kleinen Pandas wohnte und somit näher an der Bärenanlage als jeder andere.

»Ich habe zur Zeit die Bauarbeiter im Haus und wohne seit zwei Tagen in der Stadt.«

»Wird Ihr Haus auch nachts renoviert?«

»Nein. Natürlich nicht. So eilig habe ich es nicht.«

»Dann stand Ihr Haus also letzte Nacht leer?«, fragte Muschalik noch einmal nach.

Professor Nogge nickte.

Der Zinksarg wurde hinausgetragen, mit weißen Handschuhen schleppte die Spurensicherung Plastiktüten mit der zerstörten Kameraausrüstung und der restlichen Kleidung des Toten hinaus. Kraft schickte einen Kollegen mit dem gefundenen Autoschlüssel auf die Suche nach Ben Krämers VW.

»Ich lasse den Toten in die Gerichtsmedizin bringen«, sagte van Dörben, »ich denke, dass nichts gegen einen Unfall spricht, aber wenn wir irgendetwas finden sollten, melden wir uns natürlich.«

»Selbstmord scheidet aus?«, fragte Kraft.

»Aber ja. Was für eine absurde Idee. Niemand lässt sich freiwillig von einem Grizzly in Stücke reißen.«

Der Grizzly durfte in sein Revier. Mit der Nase am Boden untersuchte er den Baumstamm und die Felsbrocken. In seinem Fell waren dunkle, getrocknete Blutspuren zu erkennen. Er war nervös. Die Stellen, an denen Ben Krämer gelegen hatte, mied er.

Der Zooeingang wurde freigegeben, nach kurzer Zeit hatten sich die Schaulustigen in einem Halbkreis um die Grizzly-Anlage versammelt und erste Vorschläge zur Bekämpfung derartiger Unfälle unterbreitet. Einer davon war: »Man sollte den Grizzly erschießen.«

Nelly Luxem hatte es gehört, und ihre Augen wurden schmal vor Zorn.

Bevor van Dörben wieder ins Präsidium fuhr, beauftragte er Kraft als neuen Leiter der Mordkommission, mit der Aufgabe, die nächsten Angehörigen des Toten ausfindig zu machen und zu informieren. Es klang fremd in Muschaliks Ohren, so als hätte man ihn übergangen oder vergessen. Ganz, als wäre er nicht da. Auch für Kraft war die Situation neu, denn er forderte seinen ehemaligen Chef ganz automatisch auf: »Lass uns in Ben Krämers Wohnung fahren.«

»Ich bin Pensionär«, erinnerte Muschalik ihn und sich selbst.

»Ich weiß. Fahr einfach nur mit, wegen der guten alten Zeit, ja?«

Ben Krämer wohnte rechtsrheinisch, wie in seinen blutverschmierten Papieren stand, und Muschalik war ein neugieriger Pensionär.

* * *

»Dort oben war ich noch am Sonntag mit den Zwillingen«, sagte Kraft. Sie fuhren über die Zoobrücke, und über ihnen schwebten die Gondeln der Rhein-Seilbahn.

»Und ich war früher oft mit Betty dort oben.«

»Danach sind wir im Rheinpark spazieren gegangen und über die Hohenzollernbrücke zurück in die Stadt. Sie waren fix und fertig abends. Und ich hatte meine Ruhe«, erinnerte sich Kraft.

»Betty hat es gehasst, wenn die Seilbahn plötzlich hielt, weil es einen Stau gab. Mitten über dem Rhein. Dann war sie ganz still und hat nicht hinuntergesehen. Und schaukeln durfte ich nie.«

Sie fanden Ben Krämers Wohnung im dritten Stock eines Wohnhauses in der Augustastraße in Mühlheim. Kraft klingelte, aber niemand öffnete. Mit dem Schlüssel, den der Bär nicht gefressen hatte, schloss er auf, und sie betraten drei Zimmer, Küche, Diele, Bad, Balkon. Krämer hatte offensichtlich allein gelebt. Im Wohnzimmer lag ein Adressbuch neben dem Telefon, in dem Kraft die Anschrift und die Telefonnummer der Eltern fand. Sie wohnten in Wiesbaden. Muschalik öffnete die Tür zum danebenliegenden Zimmer, Ben Krämers Schlafzimmer, spartanisch eingerichtet, mit einem Futonbett und einem Schrank auf schwarzem Teppichboden. Das dritte Zimmer war die Dunkelkammer. Dort, wie auch an allen übrigen Wänden hingen Fotos. Er hatte im *National Geographic* veröffentlicht, in *Geo* und mehrere, auch internationale Preise für das beste Tierfoto des Jahres gewonnen. Es gab Serien von Safaris, Wüstencamps und eleganten Lodges, Presse-Empfängen und Ausstellungen. Ben Krämer war ein gut aussehender junger Mann gewesen, davon war im Zoo nichts übrig geblieben. Ein Künstlertyp mit langen dunklen Haaren und einem abwesend verklärtem Blick. Er wirkte sehr schmal in seiner schwarzen Designerkleidung, auf keinem Foto war er ohne seine Ausrüstung zu sehen.

Im Wohnzimmer standen Regale mit Karteikästen voller Fotos, nach geographischen Gesichtspunkten katalogisiert.

Demnach war Ben Krämer überall gewesen, in den Tropen ebenso wie in Sibirien, in den Karpaten und den Pyrenäen, in Afrika und im Himalaja, in Skandinavien und Südostasien. Es waren außergewöhnliche Fotos, aus interessanten Perspektiven und geringer Entfernung, die einen Einblick in seine Arbeitsweise gewährten. Einen Wimpernschlag, einen Windhauch oder einen Sonnenstrahl festzuhalten, so wie Ben Krämer es gelungen war, das war nicht jedem Fotografen gegeben. Die meisten Fotos waren Schwarzweiß-Aufnahmen und Studien eines Bewegungsablaufes. Die neue Fotoreihe aus dem Kölner Zoo hing gesondert und noch ungeordnet in der Dunkelkammer.

Kraft und Muschalik setzten sich auf Ben Krämers Sofagarnitur im Wohnzimmer und sprachen über den Unfall.

»Und jetzt?«, fragte Muschalik.

»Theo wird mit Sicherheit nichts finden«, sagte Kraft und legte die Füße auf den Glastisch, »unsere Kollegen in Wiesbaden werden Ben Krämers Eltern informieren«, fuhr Kraft fort, »seine Akte wird in den Keller kommen. Das war's dann.«

»Willst du nicht ermitteln?«, fragte Muschalik verwundert.

»Gegen wen, gegen den Grizzly etwa?«

»Nein. Aber Nelly Luxem hat schließlich heute Morgen verschlafen.«

»Na und?«, fragte Kraft.

»Ben Krämer könnte ihr zu nahe getreten sein.«

Kraft schüttelte den Kopf.

»Und die Villa des Herrn Professor Nogge steht zur Zeit leer.«

»Zufall. Worauf willst du hinaus. Auf Mord?«

»Und dann ist da noch Mattis«, fuhr Muschalik fort.

»Was ist mit Mattis?«

»Er könnte etwas gegen Nelly Luxem haben, sie hat ihn von den Bären-Anlagen ins Südamerika-Haus verdrängt.«

Kraft winkte ab. »Selbst wenn, ich sehe keinen Grund für ein Verfahren.«

»Das finde ich sehr leichtsinnig, aber du bist schließlich jetzt der Leiter der Mordkommission.«

»So ist es. Und du bist draußen. Freu dich und hör auf zu grübeln. Vertrau mir ganz einfach.«

»Vielleicht hast du sogar Recht«, sagte Muschalik und seufzte, »weißt du, worüber ich wirklich froh bin? Ich muss nie wieder einer Mutter sagen, dass ihr Sohn soeben verstorben ist, nie wieder vor einer fremden Haustür stehen und einen völlig ahnungslosen Menschen in die Hölle schicken?«

Aber die Gedanken an Nelly Luxem, Mattis und die leere Villa des Zoodirektors ließen Muschalik nicht mehr los.

»Ich beneide dich«, sagte Kraft, »wir können nur hoffen, dass Unfälle wie dieser eine Ausnahme bleiben. Statistisch gesehen, hat Köln jetzt für sehr lange Zeit Ruhe, wenn nicht sogar für immer. Ich habe auch so genug zu tun. Du hast mich mit einem Berg ungelöster Fälle allein gelassen.«

»Irgendwann musste es sein. Bekommst du nun neue Leute oder nicht?«, fragte Muschalik. In den letzten Wochen hatte man ihn im Präsidium schon aus der Planung herausgenommen, er war nicht mehr zu Besprechungen hinzugerufen worden und nicht auf dem neuesten Stand der Dinge, als ginge ihn alles nichts mehr an.

»Ich glaube nicht, dass welche eingestellt werden. Wir müssen angeblich sparen«, sagte Kraft.

»Ich denke, NRW strebt eine Polizeidichte von einem Polizisten auf vierhundert Einwohner an?«

»Theoretisch ja, aber wer soll das bezahlen?«

»Aber ihr habt die neuen Computer bekommen, sogar der Chef hat jetzt einen, obwohl er überhaupt nicht damit umgehen kann.«

Kraft grinste: »Und wir ziehen bald um, auf die andere Rheinseite. Alles wird größer und schöner.«

»Was das alles kostet«, Muschalik schüttelte den Kopf.

»Menschen sind teurer als alle Computer zusammen. Denk allein an die Pensionen.«

»Computer können kaputt gehen.«

»Menschen können krank werden.«

»Ich war nie krank.«

Muschalik wollte sich nicht vorstellen, dass die Zukunft in diesen grauen Kästen lag. Bis zu seinem letzten Tag im Dienst war es ihm gelungen, sich zu drücken, das Weite zu suchen und die jüngeren Kollegen vor den Monitoren zurückzulassen. Er hatte ein paar Seminare belegen müssen, war immer wieder eingewiesen worden, aber der Zugang war ihm verborgen geblieben. Er hatte es vorgezogen, Täter auf den Straßen der Stadt zu suchen und zu finden, statt auf virtuellen Datenautobahnen. Manchmal hatte er eine grausige Vision: Er sah Polizisten im bläulichen Licht der Monitore Daten abrufen und vergleichen im *world wide web*, sie saßen in Betonbüros ohne Fenster und Türen, Rücken an Rücken, und niemand sprach auch nur ein Wort.

»Computer haben einen großen Fehler«, sagte er und stand auf, »sie können nicht selbstständig denken.«

Kraft zog die Füße vom Glastisch und versuchte die Spuren, die sie hinterlassen hatten, abzuwischen. Aber er produzierte nur noch mehr Schlieren. Er gab auf, notierte sich die Adresse der Eltern des Toten und schloss die Wohnung ab. Er setzte Muschalik vor der Agnes-Buchhandlung auf der Neusser Straße ab und empfahl ihm: »Kauf dir ein paar gute Krimis.«

»Mit Sicherheit nicht.«

Die Verkäuferin legte Muschalik eine Antiquität ans Herz: *Das Große Dr. Oetker Kochbuch* aus dem Jahre 1963. Wenn er das Kochen von der Pike auf lernen wollte, sei dieses Buch genau das Richtige für ihn.

»Vorkenntnisse sind nicht vorausgesetzt«, sagte sie.

Dabei hatte er Vorkenntnisse. Er konnte Rühreier machen, Pellkartoffeln kochen und Würstchen brühen. Aber er wollte nicht prahlen, und außerdem hatten er und Betty 1963 geheiratet. Und das Vorwort gefiel ihm: »Eine gute Küche ist das Fundament allen Glücks« von einem gewissen Escoffier.

Es dämmerte bereits, als er vor Bettys schmalem Tiefengrab stand und ihm einfiel, dass er heute nicht nach dem Marabu gesehen hatte. Er erzählte ihr von der verpatzten Abschiedsfeier im Präsidium, dem neu erworbenen Kochbuch und der fehlenden Gelegenheit, eine neue Jahreskarte kaufen zu können, da sich im Zoo ein Toter befunden hatte.

Zuhause stellte er fest, dass er keine Küchenwaage besaß und die meisten seiner Vorräte das Mindesthaltbarkeitsdatum lange hinter sich gelassen hatten. Er entdeckte ein Mehlpaket, das noch aus Bettys Zeit stammen musste und hart wie ein Backstein war. Er warf es nicht weg, sondern stellte es oben auf den Küchenschrank, zur Erinnerung.

Dann machte er sich ein Rührei.

3. Kapitel

Muschalik kaufte vor dem Frühstück bei Schorsch die Donnerstagsausgabe des *Kölner Stadt-Anzeiger*.

»Kaum bist du nicht mehr im Dienst, passiert so etwas«, sagte Schorsch und zeigte vorwurfsvoll auf die erste Seite. »Und dann auch noch im Zoo. Glaubst du auch, dass es ein Unfall war?«

Muschalik zuckte mit den Schultern.

»Ich nicht«, sagte Schorsch, kam aus seiner Kneipe heraus, wischte mit einem schmuddeligen Lappen über die Plastikstühle und bückte sich ächzend, um die Abfälle aufzusammeln. »Kann dir ja auch jetzt egal sein.«

»Theoretisch, ja.« Muschalik war erstaunt, dass der Bärenunfall fast die Hälfte der ersten Seite einnahm. Ein Sommerloch-Thema, dachte er. Auf dem Foto sah der Grizzly plötzlich gefährlich aus und hinterhältig. Nelly Luxem hatte der Kamera den Rücken zugedreht. Kraft und van Dörben berieten sich. Und er selbst stand auch da in seinem karierten Blouson und seiner karierten Schirmmütze, und er fand, er sah nicht aus wie ein pensionierter Kommissar; er machte eine gute Figur.

Unfall im Bärengehege? stand unter dem Foto, und Muschalik wunderte sich über das Fragezeichen.

»Wenn ich meine Kneipe mal abgeben muss, werde ich bestimmt auch jeden Morgen nachsehen kommen, ob hier alles in Ordnung ist.«

»Ja, ja«, sagte Muschalik in Gedanken, faltete den *Kölner Stadt-Anzeiger* zusammen und steckte ihn die Tasche seines Blousons.

Jetzt saß er bei einer Tasse Kaffee und einem Butterbrot in seiner Küche und las. Der Journalist holte weit aus, erinnerte an Unfälle in Zoologischen Gärten weltweit, zeigte verstümmelte Menschen, die gerade noch einmal davongekommen waren. Er warnte vor leichtsinnigen Kletterpartien auf Zoogeländern und Felsen. Mütter sollten ihre Kinder nicht aus den Augen lassen. Aber er schrieb auch, dass Ben Krämer, der tote Fotograf, schon neunundzwanzig Jahre alt, also kein Kind gewesen wäre, und außer einem Talent sicher auch eine große Erfahrung gehabt hätte. Er rollte auch die Krankengeschichte des Grizzly wieder auf und die wundersame Heilung durch die Duisburger Bärenspezialistin Nelly Luxem. *Köln ist ihr noch heute dankbar dafür«, schrieb er, »in ihrem Beisein wäre es nie dazu gekommen, darin sind sich alle einig. Alle Kölner stehen hinter ihr und bedauern den Vorfall.* Ansonsten wusste er auch nicht mehr, als die Aktuelle Stunde des WDR und die Lokalzeit schon am Abend zuvor berichtet hatten.

Als es klingelte, schob er das Kochbuch unter den *Kölner Stadt-Anzeiger*, bevor er öffnete. Es war Kraft – die Zwillinge im Schlepptau –, der ihm mitteilen wollte, dass er den Film, der in der zerstörten Kamera gewesen war, zur Entwicklung gegeben hatte.

»Es wird sicher nicht viel dabei herauskommen, so wie die Kamera aussah, aber man weiß ja nie. Und den VW haben wir auch gefunden.«

»Um mir das zu sagen, bist du nicht hier, oder?«, fragte Muschalik.

»Nun ja«, sagte Kraft.

Wenn Kraft ›Nun ja‹ sagte, hatte er einen Plan.

»Ich kann heute bestimmt nicht pünktlich Feierabend machen. Und da du doch jetzt Pensionär bist, dachte ich, ein wenig Abwechslung könnte dir gut tun.«

»Ich kann bis jetzt nicht klagen. Aber lass die Zwillinge ruhig hier. Ich nehme sie mit in den Zoo.«

»In den Zoo, in den Zoo«, freuten sich Tim und Tom.

Kraft atmete erleichtert auf. Die beiden waren offensichtlich in einem anstrengenden Alter. Und auch wenn er nichts auf sie kommen ließ, so kosteten sie ihn doch manchmal den letzten Nerv. Er schien immer dankbar, wenn man ihn für ein paar Stunden entlastete.

»Ich könnte uns heute Abend Pfannkuchen machen«, schlug Muschalik vor und dachte an Dr. Oetker.

Die Zwillinge brachen in Jubelschreie aus: »Pfannkuchen, Pfannkuchen!«

»Du kannst kochen?«, fragte Kraft, »Das ist ja ganz was Neues. Wieso weiß ich nichts davon?«

»Du weißt vieles nicht.«

»Das ist wahr. Es war nie genug Zeit da zum Reden. Jedenfalls nicht, als du noch im Dienst warst. Immer im Stress. Immer unter Druck. Aber das können wir jetzt ändern.«

»Und ich dachte immer, du wolltest nicht reden.«

»Nicht zwischen Tür und Angel.«

Bevor Kraft ging, flüsterte er Muschalik ins Ohr, dass die Kinder nichts von dem Bärenunglück wüssten. Es entspreche seiner Methode der Kindererziehung, jegliche Gewalt von ihnen fernzuhalten. Und er sei ihm dankbar, wenn er es ebenso handhaben würde.

»Kinderseelen sind so verletzlich.«

Muschalik schrieb einen Einkaufszettel, und sie machten sich auf den Weg zum Zoo. Die Zwillinge liefen Zickzack vor ihm her. Nur auf dem kurzen Stück an der viel befahrenen Inneren Kanal-Straße, die zur Zoobrücke führt, nahm er sie vorsichtshalber an die Hand. In der ruhigen Sackgasse An der Flora ließ er sie wieder los, und Tim fragte Tom:

»Was machen Bären nachts?«

Tom schnitt eine gefährliche Fratze, stürzte sich mit einem Schrei auf seinen Bruder und brummte:

»Menschen fressen.«

Kraft war ein Idealist.

* * *

Muschalik legte die dreißig Euro für die verbilligte Jahreskarte für *Freunde des Kölner Zoo* auf den Kassentisch im Verwaltungsgebäude.

»Ich bin ab heute Pensionär.«

»Nein! Das sieht man Ihnen gar nicht an«, rief der Kassierer überrascht, »sind das etwa Ihre Enkelkinder?«

Muschalik zögerte. Er war ein Leben lang korrekt gewesen. Aber die Vorstellung gefiel ihm, und er nickte.

Da riefen Tim und Tom über den Vorplatz. »Onkel Lorenz! Onkel Lorenz!«

»Ach, wie süß«, sagte der Kassierer und verlangte vier Euro fünfzig für jeden Zwilling.

Tim und Tom stürmten direkt links neben dem Eingang auf die Bollerwagen zu und kletterten in den erstbesten. Muschalik zog die beiden ein paar Meter hinter sich her, links an den Kamelen vorbei. Er ging immer links an den Kamelen vorbei, obwohl der große Rundweg von der Zooverwaltung anders geplant war. Aber so konnte er eher den Marabu begrüßen und ging dabei den Fotografen aus dem Weg, dic manchmal ungebeten und mit gezückter Kamera auf der anderen Seite des Rundweges lauerten, um von den Besuchern unwiderstehliche Schnappschüsse anzufertigen.

»Schneller, schneller«, trieben die Zwillinge ihn an.

Hinter dem Veranstaltungszelt, in Höhe des Restaurants, verloren sie die Geduld, stiegen während der Fahrt aus und liefen los, rannten den Hauptweg entlang von einer Anlage zur anderen, als seien wilde Tiere auf ihren Fersen.

Muschalik und der Bollerwagen hetzten hinter ihnen her, an den Flamingos vorbei, unter den Außenkäfigen der Lemuren hindurch, die für die Zwillinge allesamt nur kleine Affen waren. Moschusochsen und Bisons waren seltsame Kühe, der Mähnenwolf ein Fuchs. Seinem Patenkind, dem Marabu, konnte Muschalik nur kurz im Vorbeilaufen zuwinken, als Zeichen, dass er ihn nicht vergessen hatte. Der Marabu schien sich über seine Eile zu wundern, legte den Kopf schief und klimperte irritiert mit den Augenlidern.

Tim und Tom entdeckten den Zoo auf ihre Weise. In den Häusern war die Begegnung mit den Tieren viel intensiver als in den Außenanlagen. Licht, Gerüche und Geräusche, die Körperwärme und die Nähe nahmen sie gefangen. Sie ließen sogar den Spielplatz, von dem schon von weitem Kindergeschrei zu hören war, links liegen und standen schließlich atemlos vor den Türen des Urwaldhauses.

»Menschenaffen«, kündigte Muschalik an.

Aber es waren nicht die Schimpansen, Gorillas und Orang-Utans, die die Zwillinge anzogen, sondern die winzigen freilaufenden Tamarine, die zum Greifen nah wie Kobolde in den Ästen saßen und nur auf sie zu warten schienen. Mit ihren hellbraunen Körpern und dunklen Schwänzen perfekt getarnt, verrieten sie sich nur durch ihre schnellen, hastigen Bewegungen, die hier ein Bambusblatt zum Rascheln brachten und dort einen Zweig einknicken ließen. Ihre dünnen Krallenfüße trugen sie die Blattstiele der Palmen hinauf, von wo sie mit einem Sprung zum nächsten Ast ansetzten. Kaum hatte man einen erspäht, war er wieder im Dickicht verschwunden, und der nächste tauchte auf, oder war es derselbe?

Muschalik gab keine Erklärungen ab und ließ die Zwillinge in die tropische Urwaldatmosphäre eintauchen. Der Rundweg führte sie automatisch zum Ausgang des Urwaldhauses, draußen standen sie ein paar Minuten wie benommen und flüsterten immer noch.

Muschalik benötigte dringend eine Pause, und er führte Tim und Tom ein Paar Stufen hinauf zur Aussichtsterrasse. Die Aussicht war mit den Jahren zugewachsen. Auch wenn sie vom Zoo nicht mehr viel sahen, so konnten sie ihn doch hören; das Plätschern des großen Weihers, das Geschnatter der Wasserhühner, ab und zu brüllte ein Schottisches Hochlandrind, wenn das Kindergeschrei auf dem Spielplatz zu laut wurde, und hinter ihnen muhten die Bantengs, als wären sie Kühe.

Unter dem grünen Zelt waren Familien versammelt und förderten Köstliches aus bunten Tiefkühlboxen zutage; Frikadellen, hartgekochte Eier und Säfte.

Die Zwillinge saßen vor Muschalik mit großen Augen und leeren Mägen und strichen über die Holztische, auf denen sich Erika und Markus aus Dortmund verewigt hatten. Unter den Bänken suchte eine Taube gurrend nach Essensresten.

»Wann machst du denn die Pfannkuchen?«, fragte Tim.

»Wenn wir zu Hause sind.«

»Ich habe Hunger. Ich will nur noch den Menschenfresser sehen.«

»Au ja, den Menschenfresser.«

»Den Grizzly«, verbesserte Muschalik und schmunzelte wegen Olaf Krafts Blauäugigkeit erneut in sich hinein.

Er zog die Zwillinge im Bollerwagen hinter sich her in Richtung Grizzly-Anlage. Als sie am Südamerika-Haus ankamen, das mit seiner historischen Fassade und den vier Türmen an eine russische Kathedrale erinnert, fiel Muschalik ein, dass er mit Mattis noch nicht über das Bärenunglück gesprochen hatte.

Die Zwillinge wollten draußen sitzen bleiben.

Schwüle, stickige Luft schlug ihm entgegen, als er nach ein paar Stufen ins dämmrige Innere gelangte. Er war der einzige Besucher. Der Boden war mit weichem Rindenmulch ausgelegt, der den typisch feuchten, leicht fauligen Waldgeruch verströmte. Im Innenhof hockten einige der Lisztäffchen, Weißkopfsakis und Zwergseidenäffchen in den Laufgittern, die kreuz und quer und hoch über der dschungelartigen Bepflanzung zu den Ein- und Ausgangsklappen ihrer großen Käfige führten.

Mattis, dem er einmal das Du angeboten hatte, stand im Käfig der Weißkopfsakis, wechselte das Wasser in den Trögen und stellte das Futter bereit: Kinderbrei, Nüsse, Obst und Gemüse. Als er Muschalik sah, sagte er unvermittelt: »Furchtbar, die Sache mit dem Bären, nicht wahr? Aber das kommt davon.«

Muschalik meinte in seinen Augen einen Anflug von Schadenfreude gesehen zu haben.

»Wovon?«, hakte er nach.

»Tiere und Menschen sind kein Spielzeuge.«

»Bist du doch sauer auf Nelly?«

»Ich war nie sauer auf sie. Wie kommst du darauf?«

»Weil sie bei den Bären ist und du hier.«

Mattis winkte ab: »Misch dich da mal nicht ein. Das muss doch bei der Polizei ähnlich sein. Es ist doch überall so.«

»Ich bin seit gestern Pensionär.«

»Gratuliere, aber du weißt, was ich meine.«

»Ich glaube ja. Es gibt Häuptlinge und Indianer.«

»Genau«, bestätigte Mattis, »wir Indianer halten zusammen. Nelly ist in Ordnung.

»Dann bist du also sauer auf Professor Nogge?«

Mattis antwortete nicht.

»Er hätte Nelly Luxem nach der Rettung des Grizzly wieder nach Duisburg zurückschicken sollen, nicht wahr?«, stocherte Muschalik.

»Hätte er, hat er aber nicht.«

»Warum eigentlich nicht?«

»Er wird schon seine Gründe haben.«

»Wo warst du denn gestern Nacht?«

»Du meinst zwischen zwei und vier? Ich denke, du bist kein Kommissar mehr.«

»Sagst du es mir trotzdem?«

»Im Bett natürlich. Um diese Zeit schläft jeder normale Mensch. Leider ohne Zeugen.«

Plötzlich standen die Zwillinge neben Muschalik, und er war einen Moment über die Unterbrechung verärgert, er hatte ihre Schritte auf dem weichen Boden nicht hören können. Ein Äffchen sprang auf Mattis' Rücken, klaute seine blaue Pudelmütze und balancierte über seine Schulter in die nächste Strickleiter. Es schrie vor Freude über den Fang. Die Zwillinge schrien auch. Das Gespräch war damit endgültig beendet, Muschalik verließ mit den Kindern das Südamerika-Haus.

Hinter den beiden Kragenbären, die sich in einem Erdloch balgten, begann das Reich des Grizzly. Die Zwillinge stiegen aus dem Bollerwagen und liefen zum Gitter. »Er ist nicht da. Er ist nicht da.«

Auch seine Pflegerin war nicht in Sicht. Aber Muschalik wusste von einem geheimen Zugang. Sie mussten nur bis zur Holzhütte des DRK gehen, kurz davor führte links der Wirtschaftsweg, der für Zoobesucher gesperrt war, die weiße Kalksandsteinmauer entlang zu den Höhlen der Tiere. Er kletterte über das verschlossene Tor und hob die Zwillinge hinüber. Als Mattis in den vier Bärenanlagen noch das Sagen gehabt hatte, hatte er schon mal ein Auge zugedrückt.

Muschalik legte den Finger auf den Mund, und die Zwillinge verstummten, mit einem Polizisten als Vater wussten sie sehr genau, was das rot-weiße Schild mit dem durchgestrichenen Fußgänger zu bedeuten hatte. Auf Zehenspitzen gingen sie hinter den Höhlen der Fischotter, Präriehunde, Erdmännchen, Nutrias und Zwergmangusten vorbei, um diese nicht zu stören. Muschalik flüsterte ihre Namen, und die Zwillinge nickten aufgeregt.

Nelly Luxem stand in der geöffneten Höhlentür. Ihre Hand streichelte seine Stirn. Muschalik hielt den Atem an. Er hörte ihre leise Stimme und das Grunzen des mächtigen Grizzly. Seine Augen waren geschlossen, die Ohren angelegt, er genoss offensichtlich die Berührung. Dann glitt ihre Hand unter sein Maul, und sie kraulte seine Kehle. Das Grunzen verwandelte sich in ein tiefes, lang anhaltendes Grollen. Er öffnete das Maul und gähnte, er schüttelte den Kopf und nahm dann ihre Hand ganz sanft in sein Maul, lutschte darauf herum, gab sie frei und stupste sie an. Vorsichtig zog er an ihrem roten Halstuch. Und Nelly tippte ihn kurz auf die feuchte Nase. Da legte er seine Pranke auf ihre Hand und drückte sie behutsam zu Boden.

Muschalik wollte den Rückzug antreten, es war nicht der richtige Zeitpunkt für ein Gespräch. Da richtete der Grizzly seinen Kopf auf, verzog seine Nase und nahm Witterung auf. Nelly drehte sich um.

»Ach, Sie«, sagte sie, stand auf und verriegelte schnell die Höhlentür. »Er verlangt seine Streicheleinheiten«, erklärte sie, und dann sah sie auf die Zwillinge. »Sie dürften nicht hier sein.«

»Ja, ich weiß. Ich auch nicht.«

Sie drängte ihn und die Zwillinge den Wirtschaftsweg hinunter, breitete dabei die Arme aus, als seien sie Flügel, und ließ keine Bewegung der Kinder aus den Augen, als könnte ihnen jeden Moment etwas zustoßen, das sie vorausahnen und verhindern müsste. Sie erinnerte Muschalik an einen Bodyguard.

»Ich kann Sie beruhigen«, sagte er mit einem Lächeln, »sie bleiben immer zusammen. Sie werden niemals den einen im Süden und den anderen im Norden retten müssen.«

Nelly Luxem reagierte nicht auf Muschaliks Versuch sie aufzuheitern. Wortlos schloss sie das Tor am Ende des Wirtschaftsweges auf und ließ die Eindringlinge hindurch.

»Wir werden es nicht wieder tun«, beteuerte Muschalik und hob die Hand zum Schwur.

Sie folgten Nelly Luxem auf den Hauptweg. Die winzigen Erdmännchen stellten sich dicht aneinander gedrängt auf die Zehenspitzen ihrer Hinterfüße, reckten die Hälse und machten ernste, wichtige Gesichter.

Bei der Anlage des Grizzly lehnte sich Nelly Luxem ans Gitter und sah hinunter; dorthin, wo sie Ben Krämer gefunden haben musste.

Die Anlage war gut gesichert. Richtung Hauptweg, zum Schutz der Zoobesucher, war eine kniehohe Mauer errichtet worden, darüber ein schräg eingesetztes Gitter mit Längsverstrebungen in Brusthöhe. Dahinter waren zwei dünne Stahlseile gespannt. Von dort aus ging es steil hinunter bis in einen Wassergraben, in dem eine Blechtonne und ein Baumstamm dümpelten. Auf der anderen Seite, zur Bärenseite hin, führte eine Betonwand leicht bergauf aus dem Wassergraben hinaus ins Gehege, sodass der Grizzly ein Bad nehmen konnte, wenn er Lust dazu verspürte. Zu beiden Seiten der Anlage und an der hinteren Begrenzung waren hohe, gewölbte Bruchsteinmauern errichtet, die der Anlage etwas Höhlenartiges gaben. Sein Revier war dem natürlichen Lebensraum des Bären nachempfunden; Felsbrocken und ein großer Baumstamm, ein Ausguck und mehrere Höhleneingänge gehörten zu seinem Reich. Ein paar Äpfel lagen in einer Ecke, über die sich gerade Stare hermachten.

Der Grizzly lag jetzt halb in einem Höhleneingang. Den Kopf in der Finsternis, konnte man nur seinen stattlichen Leib sehen – das hellbraune, struppige Fell bewegte sich bei jedem Atemzug.

»Sie können sich nicht oft leisten zu verschlafen, nicht wahr?«, fragte Muschalik.

Nelly Luxem warf ihm einen vernichtenden Blick zu.

»Ich meine wegen der Fütterungszeiten. Die Tiere müssen sicher immer zur gleichen Zeit gefüttert werden.«

»Ja.«

»Na ja, es kann jedem mal passieren.«

Nelly Luxem schwieg.

»Als ich noch im Dienst war, habe ich den Wecker oft verflucht, besonders im Winter, wenn es noch stockdunkel war, und bei Vollmond, da schlafe ich schlecht. Ich bin ein bisschen mondsüchtig. Aber vorgestern war kein Vollmond.«

»Keine Ahnung.«

»Nein, es war kein Vollmond. Das wüsste ich. Warum haben Sie denn verschlafen, wenn ich fragen darf?«

»Was geht Sie das an?«

»Entschuldigung. Ich bin manchmal indiskret. Geht mich ja auch wirklich nichts an, warum Sie ausgerechnet gestern verschlafen haben, als der Unfall im Bärengehege passierte.«

»Eben.«

»Würden Sie mir denn stattdessen etwas über Ben Krämer erzählen?«, fragte Muschalik.

Die Zwillinge versuchten zuerst den aufgestellten Kletterstamm zu bezwingen, dann setzten sie sich gegenüber auf die weiße Bank, die rund um den riesigen Götterbaum gebaut war, und ließen die Beine baumeln. Auch dort fanden sie keine Ruhe, sondern kletterten schließlich in den Bollerwagen und warteten auf die Weiterfahrt.

»Ich weiß nichts über ihn«, sagte Nelly und sah den Kindern zu.

»Aber er war eine ganze Woche in der Nähe der Bärenanlagen.«

»Ich habe mich nicht um ihn gekümmert.«

»Ich versuche mir vorzustellen, wie es passiert ist.«

»Er muss den Grizzly erschreckt haben. Darum hat er ihn getötet. Er hat ihn nicht gefressen, sondern nur in Stücke gerissen. Bären mögen keine Menschen und kein Menschenfleisch. Sie gehen ihnen aus dem Weg, es sei denn, diese dringen in ihr Revier ein.«

Als sie die vielen Sätze hintereinander sprach, fiel Muschalik auf, wie weich ihre Stimme war und wie tief.

»Und in Gefangenschaft?«, fragte er weiter.

»In der Gefangenschaft ist ihr Revier sehr klein, und sie wissen ganz genau, dass sie sich kein anderes suchen können. Es ist alles, was ihnen geblieben ist. Er hatte keine andere Wahl, als Ben Krämer in sein Revier eingedrungen ist.«

»Was ich da vorhin gesehen habe, das sah nicht so aus, als ob Bären keine Menschen mögen.«

»Sie sollten gehen«, beendete sie abrupt das Gespräch und drehte ihm den Rücken zu.

Als Muschalik ihr einen schönen Tag wünschte, reagierte sie nicht mehr.

Er stieg mit den Zwillingen an der Zoo-Haltestelle in die KVB, sie fuhren zwei Stationen unterirdisch bis zum Ebertplatz, kauften im Supermarkt auf der Neusser Straße die Zutaten für einen Pfannkuchenteig und erstanden ein paar Geschäfte weiter eine gelbe Küchenwaage.

In Muschaliks Küche durften die Zwillinge Eier aufschlagen, Zucker und Mehl abwiegen und abwechselnd den Mixer halten und sich die Nasen mit Eischnee einreiben. Sie stellten sich geschickt an, vielleicht würde es ihnen gelingen, fit für ein Leben zu werden, in dem es auch für Männer erstrebenswert ist, ›glückliche Häuslichkeit‹ im Sinne von Herrn Dr. Oetker zu pflegen.

Kraft kam, als Muschalik gerade versuchte den ersten Pfannkuchen zu wenden.

»Lass mich das machen«, sagte er und nahm Muschalik den Stiel aus der Hand, warf den Pfannkuchen in die Luft, wo er sich ordnungsgemäß drehte, und fing ihn gekonnt auf. Muschalik versuchte, sich die Methode zu merken.

»Wer bekommt den ersten?«

»Ich, ich«, riefen die Zwillinge und stellten sich mit ihren Tellern an. Kraft schnitt den Pfannkuchen in zwei Hälften. Sie streuten Zucker obenauf und zerteilten ihn mit der Gabel in kleine Stücke. Muschalik war gespannt, wie er ihnen schmeckte. Er hatte zum ersten Mal Pfannkuchen gemacht. Sie aßen in Windeseile ihre Hälften auf und stellten sich für die nächste Portion an. Keiner gab vor dem anderen auf. Das war Lob genug.

Nach dem Essen krochen sie auf Muschaliks Küchensofa und schliefen postwendend ein. Es wurde still in der Küche. Kraft servierte die Reste im Wohnzimmer. Sie stellten die Teller auf die Knie, rollten die Pfannkuchen auf, aßen mit den Fingern und genehmigten sich dazu ein *Gaffel* aus der Flasche.

»Deine Pfannkuchen sind hervorragend«, sagte Kraft mit vollem Mund.

»Ich weiß.«

»Unsere Wiesbadener Kollegen haben inzwischen mit den Eltern von Ben Krämer gesprochen. Seine Mutter hat gesagt, dass Ihr Sohn *alles* tun würde für ein gutes Foto.«

»Das hat er getan.«

»Sie werden den Leichnam überführen lassen, sobald die Gerichtsmedizin ihn freigegeben hat, und die Wohnung ihres Sohnes auflösen. Sie wollen sehr bald eine Posthum-Ausstellung in Wiesbaden machen. Sie meinen, er hätte das auch gewollt. Apropos Fotos. Sein letzter Film war natürlich hinüber.«

»Schade.«

Die beiden kauten schweigend und spülten die Pfannkuchen mit Kölsch hinunter.

»Du siehst irgendwie müde aus. Wie lange seid ihr im Zoo gewesen?«

»Wenn es nach deinen Söhnen gegangen wäre, wären wir nach einer halben Stunde wieder draußen gewesen. Sie rennen durch den Zoo wie ich früher mit meinen Eltern durch die Museen.«

Kraft leckte sich die gezuckerten Finger ab und sagte stolz: »Ja, sie sind schnell.«

»Es ist eine Schande. Du solltest deine Vaterpflichten ernster nehmen.«

»Und wann soll ich das machen? Du hast gut reden.«

»Wann kommt Rosa denn nach Köln?«

»Ich weiß es nicht, Lorenz. Manchmal habe ich das Gefühl, sie will es nicht. Sie schiebt es vor sich her. Sie hat Ausreden, sie will ihren Chef nicht allein lassen, sie weiß nicht, ob sie hier einen Job finden kann, sie will die Kinder nicht ganz aus ihrer gewohnten Umgebung reißen und so weiter ...«

Muschalik war empfänglich für das Thema Liebe.

»Sie arbeitet in einem Reisebüro, nicht wahr?«

»Ja, stundenweise.«

»In Köln gibt es Hunderte von Reisebüros. Mach ihr Köln schmackhaft. Arrangiere etwas.«

»Ja, aber so einfach ist es nicht.«

»Wieso?«

»Sie sagt, sie hätte festgestellt, dass es keinen großen Unterschied mache, ob ich nun zu Hause wohne oder nicht. Ich wäre sowieso nie da und würde nur an meine Karriere denken.«

»Hört sich kompliziert an.«

»Ja, das ist es.

4. Kapitel

Muschalik hatte sich bis zum 27. Juli mit Unterstützung der Zwillinge in Dr. Oetkers Standardwerk bereits bis zu den Soßen auf Seite 95 vorgearbeitet, nachdem er das Kapitel Suppen vollständig abgeschlossen hatte. Er hatte systematisch aus jeder Kategorie eine Suppe gekocht, eine Fleischsuppe, eine Gemüsesuppe und eine süße Suppe. Die Biersuppe war selbstverständlich für die Zwillinge tabu. Aber sie hatten nichts verpasst.

Es schien, als hätte Kraft ihn als den idealen Babysitter entdeckt. Er hatte seine Kinder die ganze letzte Woche über in Köln behalten und fand, dass es sich gut für alle Beteiligten traf. Er wusste sie in sicherer Obhut, bei Muschalik konnte keine Langeweile in seinem neuen Lebensabschnitt aufkommen, und Rosa in Wiesbaden hielt ihn für einen guten Vater, der nicht nur an seine Karriere dachte. Die Zwillinge durften in Muschaliks Küche so viel Chaos anrichten, wie sie wollten. Wenn sie nicht mehr begehbar war, gingen sie in den Zoo, schauten den Elefanten bei der täglichen Dusche zu und passten die Fütterungszeiten der Seelöwen und Paviane ab. Bei Regen pressten sie im Aquarium ihre Nasen an dickes Panzerglas, hinter dem Krokodile und Piranhas lauerten, oder gingen im Regenwald auf Entdeckungsreise.

Betty hätte sie gemocht, sie wäre stolz auf ihn gewesen. Aber immer öfter ertappte er sich bei dem Gedanken: Wann kommt Rosa nach Köln? Er hatte nichts dagegen, eine Übergangslösung für Krafts Familienprobleme zu sein, aber er wollte nicht der einfache Weg sein.

Manchmal war Frau Kruse, Muschaliks Nachbarin, der rettende Anker. Sie nahm regen Anteil an seinen Kinderbesuchen, lieh gerne Zucker und Mehl und hatte viele Tricks parat, wenn ein Rezept nicht gelingen wollte.

Frau Kruse hatte außer einem großen kölschen Herzen noch einen fetten, alten Kater, der Köbes hieß, den ganzen Tag unbeweglich auf der Fensterbank lag und über die Florastraße wachte. Köbes hasste Besuch. Wenn die Zwillinge an der Haustür klingelten, stellte er sich drohend auf und fauchte wie ein Panther, sodass Tim und Tom nicht wagten, die Wohnung zu betreten.

Heute hatte Kraft die Zwillinge für den Nachmittag angekündigt, weil eine Dienstbesprechung im Präsidium auf dem Plan stand. Muschalik wollte mit ihnen zum ersten Mal auf den Nordfriedhof gehen, denn der 27. Juli war Bettys Geburtstag. Sie hätte wahrscheinlich gesagt, dass ein Friedhof nichts für Kinder sei. Aber gefreut hätte sie sich. ›Das wäre aber doch nicht nötig gewesen.‹

So blieb ihm der Vormittag für den Zoo. Es regnete, wie er mit einem prüfenden Blick durch das Küchenfenster erkannte. Wieder einmal. Wo kommen nur all diese Wolken her, fragte er sich und nahm seinen karierten Knirps mit.

Als er die Stammheimer Straße überquerte und die Häuserreihe hinunterblickte, fiel ihm plötzlich Frau Berta Heimbach wieder ein. Ob sie ihn wohl wiedererkennen würde? Sieben Jahre waren seit der Sache mit der Wohnung vergangen. Ob sie überhaupt noch lebte? Hatte sie vielleicht etwas gehört, in der Nacht, in der Ben Krämer starb? Warum war er nicht früher darauf gekommen sie zu besuchen und zu fragen?

Als Muschalik vor dem roten Haus mit der Nummer 84 stand, sah er hoch. Es war schmal und hatte weiße Fenstersimse und Balkone. Das obere Stockwerk war ein Dachgeschoss mit zwei weißen Dachgauben und einem Balkon.

Und alles fiel ihm wieder ein, seine Enttäuschung, sein Zorn und Bettys Verständnis, die Wohnung, der Blick.

Auf dem Namensschild stand immer noch Heimbach, Muschalik klingelte und nach einiger Zeit wurde ihm geöffnet.

Berta Heimbach hatte sich kaum verändert. Sie war immer noch die zierliche Dame, die etwas wacklig auf ihren dünnen Beinen im Türrahmen stand und freundlich lächelte. Sie erkannte ihn nicht sofort, aber als er von früher sprach, kam die Erinnerung zurück.

»Es tut mir immer noch Leid, das müssen Sie mir glauben«, sagte sie und bat Muschalik herein.

»Ach, Schwamm drüber«, sagte Muschalik, »Hauptsache, es geht Ihnen gut.«

Sie führte ihn über die dunkle, quadratische Diele in die einfach eingerichtete Wohnküche. Der Blick auf den Zoo war durch eine vergilbte Gardine versperrt.

»Und ich habe jetzt auch einen Pfleger.«

»Das freut mich.«

»So ein netter Mann, zuvorkommend und geduldig. Ein echter Schatz.«

»Dann haben Sie sich ja damals richtig entschieden.«

»Ja, das habe ich wohl. Nur Sie und Ihre Frau ... haben Sie denn inzwischen was Passendes gefunden?«

»Ja.« Als Muschalik ihr von Bettys Tod berichtete, setzte sie sich mühsam auf einen Küchenstuhl und verzog dabei vor Schmerzen das Gesicht. Sie faltete ihre knochigen Hände im Schoß und sah ihn mitfühlend an.

»Dann sind Sie ja jetzt ganz allein«, sagte sie. Ihre Stimme zitterte.

»Ja, aber ich komme zurecht.«

Muschalik musste immer wieder zum Fenster sehen. Hinter der Gardine standen ein paar Topfpflanzen.

»Haben Sie auch von dem Unfall im Bärengehege gehört?«

»Ja. Im Fernsehen habe ich einen Bericht gesehen. Lesen kann ich nicht mehr gut. Bären sind und bleiben eben wilde Tiere. Das darf man nicht vergessen.«

»Ich kann mir nicht vorstellen, dass es in dieser Nacht nicht irgendwelchen Krach gegeben hat. Und deswegen bin ich auch hier. Ich wollte Sie fragen, ob Sie sich an etwas Ungewöhnliches erinnern können.«

Berta Heimbach schüttelte den Kopf. »Der Pfleger gibt mir immer Schlaftabletten, wissen Sie, wegen der Schmerzen in den Beinen, sonst könnte ich kein Auge zu tun.«

»Und Ihr Pfleger übernachtet hier?«

»Nein«, sagte Berta Heimbach entrüstet, »so krank bin ich nun auch wieder nicht.«

»Um so besser.« Muschalik drückte die Hände der alten Dame und verabschiedete sich. »Ich wünsche Ihnen alles Gute.«

»Finden sie allein hinaus?«

»Aber ja. Bleiben Sie ruhig sitzen.«

Als Muschalik die Treppen hinunterging, hatte er Frieden mit Berta Heimbach geschlossen.

An der Zookasse erklärte ein junger Mann dem Kassierer gerade, dass er keine Eintrittskarte benötige. Er trug einen langen, dunkelblonden, krausen Bart und hatte Arme dünn wie Striche.

»Ich beginne heute ein Praktikum.«

»Wie ist denn Ihr Name?«

»Jartmann. Mein Vater ist ein berühmter Zoologe. Und Ihrer?«

»Das ist ja wohl die Höhe!«

Der Kassierer schickte ihn empört zur Hauptkasse, die sich gegenüber dem Kassenhäuschen im Verwaltungsgebäude befand und über eine Treppe zu erreichen war. Muschalik lüftete kurz seine karierte Schirmmütze zum Gruß und zeigte seine Jahreskarte.

»Gehen Sie nur, Herr Muschalik«, sagte der Kassierer und schüttelte noch immer den Kopf.

Muschalik liebte es, von einer Bank aus stundenlang den Marabu zu beobachten und seine Gewohnheiten zu studieren. Natürlich war sein Patenkind nicht der einzige Marabu im Kölner Zoo. Er lebte in einer kleinen afrikanischen Wohngemeinschaft zusammen mit den Weißnacken-Moorantilopen, obwohl er in Freiheit die Gesellschaft von Geiern und Hyänen bevorzugen würde, da er ihnen gern das erlegte Fleisch abjagt.

Betty hatte einen ganz bestimmten Marabu aus der kleinen Gruppe gewählt, den sie immer wiedererkennen würde. Er war nicht mehr der Jüngste und zog sein linkes Bein ein wenig nach, was aber, wie der Tierarzt versichert hatte, keine Krankheit, sondern eine Eigenart war. Wie alle Zootiere hatte er einen Namen, aber davon wollte Betty nichts wissen. Sie wollte ihn nicht vermenschlichen, deshalb blieb er »der Marabu«.

Auch die alte Malerin war da, stellte Muschalik fest, als er den Marabu verließ und nicht dem Hauptweg folgte, sondern rechts in den Seitenweg einbog, der zum Elefantenhaus und zu den Okapis führte. Sie saß wie so oft auf einem Klappstuhl am Wegesrand unter einem großen, bunten Schirm und hielt einen Zeichenblock auf ihren Knien. Ihre grauen Haare trug sie hochgesteckt, ihr Gesicht war von Wind und Wetter gezeichnet. Sie trug an jedem Finger einen Ring und wickelte regenbogenfarbige Tücher über ihre langen, dunklen Kleider.

»Das Okapi«, sagte Muschalik nach einem Blick auf ihre Zeichnung.

»Guten Tag, Herr Kommissar.«

Sie hatte den Marabu gemalt, als er sie vor ein paar Jahren kennen lernte, und er hatte sie gefragt, ob er ihr die Zeichnung abkaufen könnte. »Meine Bilder sind unverkäuflich«, hatte sie erwidert. Einen Tag später hatte sie ihm die Zeichnung geschenkt, aufgerollt und mit einer roten Schleife gebunden. Sie hing in seinem Schlafzimmer über dem alten Ehebett.

»Ich bin kein Kommissar mehr«, sagte er und stellte sich hinter sie, um ihre Zeichnung besser sehen zu können. Die Tiere auf ihren Bildern lebten nicht hinter Zäunen.

»Was wollen Sie stattdessen tun? Jeder Mensch braucht eine Aufgabe.«

»Ich nicht«, sagte Muschalik voller Überzeugung.

»Auch Sie.«

»Nein, nein. Ich habe ein Leben lang Aufgaben gehabt. Ich habe genug davon. Ich will endlich nur noch das tun, was ich wirklich will.«

»Und was ist das?«

»Zum Beispiel in den Zoo gehen, wann immer ich Lust dazu habe. So wie heute.«

Die Malerin lächelte versonnen und beugte sich wieder über ihre Zeichnung. Muschalik setzte leicht verunsichert seinen Weg fort.

Später sah er den neuen Praktikanten neben Professor Nogge am Flamingoweiher stehen. Sie waren ins Gespräch vertieft. Er wunderte sich, dass der Zoodirektor sich die Zeit nahm, ihn durch den Zoo zu führen. Er war ein viel beschäftigter Mann, und ein Praktikant im Zoo war nichts Besonderes. Professor Nogge legte eine Hand auf die Schulter des jungen Mannes, und sie standen sehr nah beieinander. Als Jartmann auflachte, da lachte er merkwürdig gackernd, wie eine Hyäne.

Auf dem Rückweg, der Muschalik seit dem Unglück immer an den Bärenanlagen vorbeiführte, stand Jartmann neben Nelly Luxem.

Als Muschalik näher kam, drehte er sich um und stellte sich eifrig vor: »Student der Biologie, Hauptfach Zoologie an der Kölner Universität, siebtes Semester, derzeit Praktikant. Sohn von Professor Jartmann. Sie haben sicher schon von ihm gehört.«

»Nein«, erwiderte Muschalik.

»Und wer sind Sie, wenn ich fragen darf?«

»Muschalik, mein Name. Haben die Semesterferien denn schon begonnen?«

»Nein, erst in einer Woche. Aber ich habe alle Klausuren schon hinter mir.«

»Was wollen Sie werden?«

»Zoodirektor, selbstverständlich«, war die fast entrüstete Antwort, und Jartmann strich mit den Fingern durch seinen krausen Bart. Sein Gesicht war kantig und in seinen hellgrauen Augen lag ein beklemmender, fanatischer Glanz.

»Das wollte ich als kleiner Junge auch«, erinnerte sich Muschalik. Zoodirektor oder Förster oder Tierarzt hatte er werden wollen. Später hatte er mit dem Beruf des Priesters geliebäugelt, weil er dann nicht hätte heiraten müssen, das war zu einer Zeit gewesen, als er Angst vor Frauen gehabt hatte. Die Arbeit des Polizisten hatte ihn erst beeindruckt, als seine Jugendträume bereits ausgeträumt waren, als die Gerechtigkeit an die höchste Stelle seiner Lebensziele kletterte.

»Aber Sie sind es nicht geworden, nehme ich an?«

»Nein.«

Jartmann interessierte sich nicht dafür, was stattdessen aus Muschalik geworden war, sondern erteilte ungefragt eine

Lektion in Sachen Zoologie: »Rechts von uns liegen die Anlagen der Brillen- und Malaienbären, die auch *tremarctos ornatus* und *helarctos malayanus* genannt werden, links von uns haben wir die Anlage des Kragenbären oder auch *ursus thibetanus*«, begann er, »sie stammen – im Gegensatz zum Grizzly – aus den Tropen. Sie sind viel kleiner als er, gehören aber immer noch zu den Großbären. Der Malaienbär ist der kleinste unter ihnen und steht unter dem Washingtoner Artenschutzabkommen. Brillenbär und Kragenbär sind ebenso stark gefährdet. Und hier vor uns haben wir ein Prachtexemplar von einem *ursus arctos horribilis*, eine Unterart der Gattung *ursus arctos*, aus der Ordnung *carnivora* und der Familie *ursidae*.«

Dass der *ursus arctos horribilis* der Grizzly ist, war Muschalik bekannt. Der Kölner Grizzly saß behäbig und friedlich am Wassergraben und sah kein bisschen *horribilis* aus. Sicher waren vor allem die Proportionen seines riesigen Schädels der Anlass für seinen schrecklichen Beinamen.

»*Carnivora* und *ursidae*?«, fragte Muschalik nach, weil Jartmann auf diese Frage zu warten schien.

»*Carnivora* heißt Raubtiere, *ursidae* heißt Bären. Zu den Raubtieren gehören zweihunderteinunddreißig Arten, dreiundneunzig Gattungen und sieben Familien. Die Familien sind die Katzen, die Hunde, die Bären, die Kleinbären, die Marder, die Schleichkatzen und die Hyänen. Soll ich Ihnen die Arten und Gattungen auch aufzählen?«

»Nein. Das ist wirklich nicht nötig«, wehrte Muschalik ab.

»Sie alle töten über den augenblicklichen Bedarf hinaus, auf Vorrat sozusagen, weil sie jede Gelegenheit nutzen müssen Beute zu machen. Aber sie töten niemals aus Vergnügen. Das ist ein großer Unterschied.« Erwartungsvoll sah er seine unfreiwilligen Zuhörer an und setzte dann seinen Vortrag fort: »Tierische Beute ist zwar für die Bären leichter zur verdauen, auf der anderen Seite ist sie aber weitaus schwieriger zu fangen. Ihre Ahnen waren Fleischfresser, heute sind sie überwiegend Vegetarier bzw. Allesfresser. Ihre Krallen, die oft länger als sechs Zentimeter sind, werden dazu benutzt, Knollengewächse auszugraben. Ihre typischen Raubtierzähne sind darauf eingestellt, Fleisch zu zerschneiden. Sie können also beides hervorragend bewerkstelligen.«

Muschalik und Nelly Luxem wechselten einen Blick, sie drehte am Knoten ihres roten Halstuches und schüttelte den Kopf.

»Zur Familie der Bären zählen die Gattungen Braunbär, Eisbär, Schwarzbär, Lippenbär, Brillenbär, Malaienbär und Kragenbär. Zur Gattung und Art Braunbär gehören wiederum die Unterarten Grizzly, Kamtschka und Kodiak. Aber bleiben wir bei dem Grizzly.«

»Ich bitte darum«, sagte Muschalik.

»Grizzlys lebten früher in der westlichen Hälfte Nordamerikas von Alaska bis in die Hochebenen Zentral-Mexikos. Heutzutage trifft man sie nur noch in Alaska, in den kanadischen Provinzen British Columbia und Alberta, am Yukon und in den Nord-West Territorien sowie in einigen westlichen US-Bundesstaaten an. Allein in British Columbia lebt ein Viertel des weltweiten Bestandes, das bedeutet zehntausend bis dreizehntausend Tiere.«

»Tierschützer gehen aber nur noch von vier- bis sechstausend aus«, unterbrach Nelly Luxem ohne ihn anzusehen. Ihre Stimme klang fremd, heiser und noch dunkler als sonst.

»Sie meint wahrscheinlich die Tierschützer des IFAW, des International Fund for Animal Welfare«, erklärte Jartmann nachsichtig, »sie kämpfen aber auf ziemlich verlorenem Posten gegen die Freigabe der Jagd, denn die Grizzly-Jagd ist vor allem ein Riesengeschäft. Sechshundertfünfundsiebzig Dollar kostet zum Beispiel eine Jagdlizenz in British

Columbia. Eine sechstägige Jagd mit einem ortskundigen Führer und der notwendigen Ausrüstung kostet insgesamt fünfzehntausend Dollar. Der Grizzly ist übrigens das größte Landraubtier überhaupt, er kann über vierhundert Kilogramm schwer und bis zu drei Meter groß werden. Er benötigt ca. zwölf bis sechzehn Kilogramm Nahrung pro Tag. In Freiheit wird er bis zu dreißig, in Menschenhand bis zu fünfundvierzig Jahre alt. Nur die Hälfte seines Lebens verbringt er außerhalb seiner Höhle. Er hält keinen Winterschlaf, weil er nur ein Winterruher ist. Das heißt, dass er jederzeit aktiv werden kann, wenn es nötig ist. Und an seinen kleinen Ohren und kleinen Augen und seiner riesigen Nase können Sie leicht erkennen, was er am besten kann.«

»Riechen?«, fragte Muschalik prompt.

»Exakt. Er kann schlecht sehen und schlecht hören, dafür aber um so besser riechen. Oft mit fatalen Folgen. Der kurzsichtige Bär kann einen Menschen nicht von einem halbwüchsigen Bär unterscheiden. Wenn er in Freiheit Menschen tötet, ist das meistens nur ein Missverständnis. Denn menschlicher Duft ist für ihn eigentlich eher abstoßend.«

»Der Ärmste. Hier im Zoo von stinkenden Menschen begafft zu werden, muss furchtbar für ihn sein«, überlegte Muschalik laut.

»Der Bär ist ein Sohlengänger«, fuhr Jartmann unbeirrt fort und überging Muschaliks Einwand, »das heißt, er läuft auf Fersen und Fußsohlen gleichzeitig, im Gegensatz zu den Zehengängern, wie zum Beispiel dem Hund, und trotzdem sind beide Raubtiere ...«

»Brav auswendig gelernt«, stoppte Muschalik ihn endlich und klopfte ihm anerkennend auf die knochigen Schultern, »und was gibt es sonst Neues?«

Er mochte Jartmanns Ton nicht, er war oberlehrerhaft. Und Muschalik war dankbar, dass ein Tierpfleger Jartmann in diesem Moment vom Giraffenhaus zur Arbeit rief. Lustlos schleppte sich der Praktikant an den Geparden vorbei zum Giraffenhaus. Er hätte sicher lieber weiterdoziert, als sich den Niederungen der täglichen Arbeit zu widmen. Seine dünnen Arme schlenkerten herab, als gehörten sie nicht zu ihm.

»Ein kluger Junge, aber leider völlig unsympathisch«, brummte Muschalik.

»Ja.«

»Er würde die Zoologie neu erfinden, wenn es sie nicht schon gäbe. Ich hoffe, das war ein einmaliger Ausrutscher. Sie hätten ihn in seine Schranken weisen sollen.«

»Wozu?«

»Na ja, Sie haben Recht, solche Leute wird man am ehesten los, wenn man sie nicht beachtet. Wir hätten ihn früher ausbremsen sollen.«

Nelly nickte.

»Hatte sein Vortrag aus Ihrer Sicht Hand und Fuß?« Muschalik hoffte, sie in ein Gespräch verwickeln und vielleicht den Faden wieder aufnehmen zu können, und es sah aus, als ob es ihm gelänge, denn sie nickte wieder. »Aber als er vom Bestand der weltweit lebenden Grizzlys sprach, hat er ganz andere Zahlen genannt als Sie.«

»Sie sollten gehen.«

Er war einen Schritt zu weit gegangen. Sie schickte ihn fort, wandte sich von ihm ab und drehte ihm den Rücken zu. Das war eine barsche Abfuhr. Muschalik beschloss, es zunächst auf sich bewenden zu lassen, und machte sich auf den Weg zum Ausgang.

Am Abend rief Kraft bei Muschalik an, bedankte sich nochmals dafür, dass er am Nachmittag auf die Zwillinge aufgepasst hatte, und teilte ihm dann wie beiläufig mit, dass er vorhabe, die Kinder in einer Kölner Schule anzumelden.

»Steht es fest, dass Rosa nach Köln kommt?«, war Muschaliks erste Reaktion auf die unerwartete Neuigkeit.

»So ziemlich.«

»Was soll das heißen?«

»Ich gehe immer noch davon aus. Ich bereite alles vor.«

»Hast du mit ihr geredet?«

»Nein, wieso?«

Kraft schien kein Stück weitergekommen zu sein, machte sich der Einfachheit halber vor, dass sich alles von selbst zum Guten wenden würde, wenn er nur fest daran glaubte.

»Und dein erster Fall als Leiter der Kölner Mordkommission?«

»Meinst du die Sache im Zoo?«

»Allerdings.«

»Mein erster Fall ist kein Fall. Die Gerichtsmedizin hat mir recht gegeben. Hör also auf darauf herumzureiten.«

»Nein, das werde ich nicht.«

Kraft schien genervt und wechselte das Thema. »Der Kinderarzt übrigens hat gesagt, Tim und Tom wären helle im Kopf und schnell auf den Beinen. Alles ist okay mit ihnen.«

»Das hätte ich dir auch sagen können.«

»Und sie hätten kein Zwillingssyndrom.«

»Was soll das sein?«

»Wenn der eine das macht, was der andere macht, nennt man das ein Zwillingssyndrom.«

»Gib mir seine Telefonnummer«, sagte Muschalik.

5. Kapitel

Am nächsten Morgen kam Jartmann Muschalik auf dem Hauptweg in Höhe der drei Blockhäuser der Bisons mit einer Schubkarre voller Mist entgegen. Die Bisonherde stand mit ihrem Nachwuchs unbeweglich da wie ein Denkmal, trotz des Regens, der heute ein feiner Nieselregen war, in dem es nicht lohnte, den Schirm aufzuspannen. Die Bisons spürten den Regen sicher nicht unter ihrem dicken Fell.

Jartmann wollte schon an Muschalik vorbeiziehen, als der auf seine Mistkarre zeigte und sagte: »Die körperliche Arbeit steht Ihnen aber ausgesprochen gut.«

»Es kommen auch noch andere Zeiten«, prophezeite Jartmann. Sein krauser Bart war im Regen noch krauser geworden.

»Lehrjahre sind bekanntlich keine Herrenjahre«, tröstete Muschalik ihn.

»Nichts als Sprüche!«

Mit einer gewissen Genugtuung stellte Muschalik auf seiner Runde durch den Zoo fest, dass Jartmann auch das Flusspferdbecken schrubben und eine Umzäunung reparieren musste.

Im Laufe des Vormittags erlebte Muschalik ihn noch einmal in seinem Element. Er hatte an den Raubtierfreianlagen eine junge Besuchergruppe um sich geschart und hielt einen seiner Vorträge. Schubkarre, Besen und Mistgabel standen vergessen abseits. Muschalik stellte sich in die hintere Reihe und hörte ihm eine Weile zu.

»... haben wir *felis teminicki*, genannt die Asiatische Goldkatze, *panthera leo persica* oder auch den Asiatischen Löwen und *panthera tigris altaica*, den Sibirischen Tiger. Die Familie der Katzen ist eine von sieben Familien, die zur

Ordnung *carnivora*, also den Raubtieren, gehört. Bei den anderen Familien handelt es sich um Hunde, Bären, Kleinbären, Marder, Schleichkatzen und schließlich die Hyänen. Wir wollen uns aber hier auf die Katzen beschränken.«

Die ersten Schüler wurden unruhig und blickten gelangweilt um sich. Einige entfernten sich aus der Gruppe und setzten sich auf Bänke. Jartmann sprach lauter und eindringlicher: »Die Asiatische Goldkatze gehört, wie auch der Luchs und der Puma, zu den Kleinkatzen, während der Sibirische Tiger und der Asiatische Löwe Großkatzen sind. Der Sibirische Tiger ist der größte unter den Tigern. Sein Körperbau ist darauf ausgerichtet, Beute zu fangen, die Hinterbeine sind länger als die Vorderbeine, dafür sind die Schultern und die Vorderbeine viel muskulöser – ideale Voraussetzungen für kräftige Sprünge. Der Tiger ist ein Einzelgänger, meist leben nur Mutter und Kind zusammen, aber sie dulden auch die Gruppe.«

Seine Zuhörerschaft begann sich aufzulösen, und er geriet in Panik, schnell versuchte er neues Interesse zu wecken, indem er von den Tigern zum Löwen wechselte. Es gelang ihm nur für kurze Zeit.

Er sah die jungen Mädchen unter seinen Zuhörern erwartungsvoll an, aber sie verzogen nur die Gesichter. Die Show war vorbei, und auch Muschalik ging mit leicht schadenfrohem Grinsen seiner Wege.

Jartmanns besonderes Interesse schien der Bärenanlage zu gelten. Aus dem Nichts tauchte er für Minuten auf und redete auf Nelly Luxem ein. Und wenn er sie verließ, blieb sie wie erstarrt zurück, wagte nicht sich zu rühren, und kaum hatte sie sich gefasst, stand er auch schon wieder vor ihr und begann von Neuem.

Muschalik fragte sich, was Jartmann ihr zu sagen habe, warum sie ihn nicht fortschickte, wie ihn selbst? Warum wandte sie ihm nicht auch den Rücken zu?

Er verwarf seinen ursprünglichen Plan, die Mittagszeit zu Hause zu einem Schläfchen zu nutzen und danach die Zwillinge zu hüten. Er blieb im Zoo, trank auf der Terrasse des Restaurants zwei Gilden Kölsch und aß einen griechischen Bauernsalat. Neben ihm saßen zwei Mädchen mit ihrer Mutter vor riesigen Portionen Pommes Frites, als ein Handy klingelte. In breitem Hessisch lobte die Mutter den Kölner Zoo. Einen Tisch weiter beugte sich ein holländisches Pärchen über den Stadtplan von Köln. Die Flamingos gegenüber hatten einen lautstarken Disput. Ein Spatz setzte sich auf eine Stuhllehne und wartete flatternd auf Abfälle.

Und Muschalik dachte wieder an Nelly Luxem, rekonstruierte und analysierte.

Vor dem Unfall hatte er sie nicht mehr beachtet als die anderen Tierpfleger, außer Mattis, mit dem er sich gern unterhielt. Sie war menschenscheu und einsilbig. Jeder hatte es akzeptiert. Sie hatte sich ihr Leben auf ihre Weise eingerichtet und schien zufrieden. So wie es war, schien es gut zu sein ... gewesen zu sein, jedenfalls bis zu jener Nacht. Die Art, wie sie nun über die Bärenanlage wachte, ließ ahnen, wie es in ihr aussah. Sie patrouillierte vor dem Gitter auf und ab. Unter ihrem strengen Blick wagte niemand, die drei weiß markierten Stufen zum Gitter hinabzugehen oder das Gitter zu berühren. An ein Hochklettern war nicht zu denken. Auch wenn sie das Futter für den Grizzly oben von der Bruchsteinmauer warf, hatte sie alles unter Kontrolle.

Muschalik hatte das Gefühl, an dem hohen Zaun, den sie um sich errichtet hatte, nicht länger vorübergehen zu können, ohne zu wissen, was dahinter lag. Ihre Zurückgezogenheit war plötzlich voller Geheimnisse, ihre Einsilbigkeit schien etwas zu verbergen und ihre Menschenscheu eine Flucht zu sein.

Aber das war es nicht allein.

Sie war eine ungewöhnliche Frau.

* * *

Nach dem Essen traf Muschalik Professor Nogge, der die Renovierungsarbeiten an seinem Haus inspizierte.

»Es wird noch dauern, ehe ich wieder einziehen kann«, sagte er und steckte die Hände in die Hosentaschen. Skeptisch begutachtete er den Einbau der neuen Fenster.

»Ja, die Handwerker«, meinte Muschalik.

»Es war das Wetter«, berichtigte Professor Nogge, »das ihnen immer wieder einen Strich durch die Rechnung gemacht hat.«

»Wo wohnen Sie denn zur Zeit? Halten Sie es dort noch länger aus?«

»Ja, das muss ich wohl. Ich wohne in der Nähe von St. Kunibert. Ich werde jetzt von Glockenläuten geweckt, statt von Entengeschnatter.«

»War der Umbau schon lange geplant?«

»Ja, natürlich, es ist nicht leicht, Handwerker zu bekommen. Warum?«

»Wussten Ihre Mitarbeiter davon?«

»Sicher. Warum?«

»Ach, auch als ehemaliger Kommissar stellt man immer Fragen, sich selbst und anderen. Sind Sie mit Ihrem neuen Praktikanten zufrieden?«

Der Zoodirektor lachte und sagte: »Schon wieder eine Frage. Ja, ich bin zufrieden. Zumindest fachlich gesehen. Obwohl sein Schwerpunkt eigentlich die Raubtiere sind, kennt er sich nicht nur in den Familien *ursidae* und *felidae* blendend aus, sondern er ist auch auf allen anderen Gebieten der Zoologie bewandert. Schleichkatzen, Mähnenwölfe, Vikunjas, Kasuare und Bantengs, was immer Sie wollen, sein Wissen ist erstaunlich. Er hat Vorlesungen angesehener Professoren an der University of Kansas, dem National Zoological Park of Virginia und der Zoological Society of London gehört. Sein Vater hat ihm kostspielige Studienreisen in die Abruzzen, die Karpaten und in die Pyrenäen spendiert, wo die letzten isolierten Bärenpopulationen leben. Er hat auch Nordamerika, Afrika und Asien bereist«, erklärte Professor Nogge nicht ohne Stolz, »er ist ein Einser-Kandidat.«

»Das mag sein.«

»Er ist außerdem der Sohn eines renommierten Studienkollegen.«

»Aha, daher weht der Wind.«

Der Zoodirektor sah ihn erstaunt an, zog eine Augenbraue fragend in die Höhe und sagte dann: »Sein Vater ist ein netter Kerl.«

»Der Sohn nicht unbedingt.«

»Ich drücke bei seinem Sohn ein Auge zu.«

»Das ist sehr großzügig von Ihnen.«

»Er hat das Zeug zu einem hervorragenden Zoologen. Ich investiere also in die Zukunft. Und, unter uns, Herr Kommissar, ich denke mir ab und zu ein paar möglichst unappetitliche Arbeiten für ihn aus. Vielleicht bringt ihn das auf den Boden der Tatsachen. Ich wusste nicht, was ich mir mit ihm einhandele. Aber er wird schon merken, dass er lange und völlig umsonst auf einen Bonus als Sohn eines berühmten Zoologen warten muss.«

»Dann haben Sie ihn also im Griff?«

»Aber sicher.«

»Wie lange geben Sie ihm? Vierzehn Tage?«

»Nein. Eine Woche. Wir brauchen hier keine Leute, die Reden schwingen, sondern Leute, die anpacken. Wenn er sich nicht integrieren kann, muss er sich woanders umschauen.«

Muschalik war beruhigt, in einer Woche würde es den Fall Jartmann nicht mehr geben – so oder so, und er verabschiedete sich.

6. Kapitel

Vor Muschalik lag ein Wochenende ohne Zoo und ohne Zwillinge. Als Pensionär konnte er es sich leisten, den Besucherströmen und Veranstaltungen an den Samstagen und Sonntagen aus dem Weg zu gehen, wenn jede Bank besetzt und jedes Gehege umlagert war. Und die Zwillinge sollten das Wochenende bei Rosa in Wiesbaden verbringen.

Den Samstagmorgen widmete er zunächst der gründlichen Hausarbeit, womit er den ganzen Tag über genügend Beschäftigung hatte. Aber schon nach dem Frühstück am Sonntagmorgen wusste er nichts Rechtes mehr mit sich anzufangen. Bereits um zehn Uhr fand er sich in seinem guten Anzug an der Bärenanlage ein. Und Nelly war da. Sie stand oben auf der Bruchsteinmauer und warf dem Grizzly Äpfel zu.

Nach ein paar Minuten kam sie zu ihm, wirkte zwar beunruhigt, stellte aber zum Glück keine unbequemen Fragen nach den Gründen seiner Beharrlichkeit. Muschalik begann mit seiner Einladung, für die er auch eine Erklärung hatte.

»Sie als Imi ... ich meine, Sie als Neu-Kölnerin haben sicher noch nicht viel von der Stadt gesehen.«

»Ich habe genug gesehen«, sagte sie abweisend.

»Man kann nie genug von Köln sehen«, erwiderte er, »falls Sie heute Nachmittag frei haben, dachte ich, Sie hätten vielleicht Lust auf einen Spaziergang und einen Kaffee. Es soll heute nicht regnen, das wäre doch eine gute Gelegenheit.«

Sie ließ sich Zeit mit einer Antwort.

»Ja«, sagte sie endlich leise, als Muschalik sich schon fast mit einer Abfuhr abgefunden hatte.

»Wunderbar«, er rieb sich erleichtert die Hände, »wann haben Sie frei?«

»Um zwölf Uhr.«

»Ich warte am Haupteingang.«

* * *

Sie waren ein ungleiches Paar: Der ältere, kleine, elegante Herr mit der karierten Schirmmütze, der aussah wie ein Pensionär, und die große, stämmige Frau, die neben ihm her schritt und über seinen Kopf mit strengem Blick hinweg Menschen und Dinge musterte, als sähe sie sie zum ersten Mal. Sie trug einen verschlissenen, knallroten Sommermantel, der eine Handbreit über ihrem Knie endete, und darunter dunkelblaue Stoffhosen mit einer Bügelfalte. Ihre Schuhe waren breit und sahen bequem aus. Ihr langes, hellbraunes Haar war wie immer mit einem Gummiband im Nacken zusammengebunden.

Sie sprachen nicht miteinander.

Muschalik steuerte auf die Rhein-Seilbahn zu und kaufte zwei Karten. Nelly stieg ohne Kommentar in eine rote Kabine mit der Nummer 7 und Muschalik setzte sich ihr gegenüber. Die Fahrt ging mit einigem Ruckeln los, und er dachte, er sollte Köln erklären. Er sprach von den Brücken, dem Panorama der Kirchen und Hochhäuser, aber er hatte das Gefühl, sie hörte nicht zu.

»Sehen Sie dort drüben die Wiese?«, fragte er schließlich und zeigte auf das Niederländer Ufer hinter ihnen auf der linken Rheinseite, »da kann man ins Wasser gehen. Es ist ganz flach und sehr schön. Und sehen Sie die Schafherde? Ich muss Sie warnen, es gibt auch Ratten dort. Sie sind frech und laufen einem am helllichten Tage über die Füße. Und da oben war früher ein Schwimmbad, jetzt ist dort ein Biergarten, in dem es leider nur Hellers Kölsch gibt. Kein Wunder, dass das Schwimmbad verschwunden ist, es ist viel schöner im Rhein zu schwimmen. Er ist heute wieder so sauber, wie er zu meiner Jugendzeit war. Früher habe ich dort Steine über die Wasseroberfläche springen lassen. Ich war gut darin. Ich schaffte es bis zu fünf Mal. Es kommt immer auf den Stein an.«

Er übertrieb, ihm war danach.

»Wir könnten einmal dorthin gehen«, schlug er vor.

»Ja.«

Er wollte die angespannte Atmosphäre in der Kabine auflockern, begann ein wenig zu schaukeln. Aber auf ihrem ernsten Gesicht war keine Belustigung zu erkennen. Die Sonne reflektierte auf den schmutzigen Scheiben der Kabine. Nelly musste blinzeln, und die Augen in ihrem großen Gesicht wurden ganz klein.

»Sollen wir tauschen, Sie können ja gar nicht richtig sehen«, bot er an.

Sie schüttelte vorsichtig den Kopf.

»Sie haben doch nicht etwa Angst?«

Natürlich hatte sie Angst. Wie Betty. Warum war er nicht sofort darauf gekommen? Er stellte das Schaukeln ein und saß auch ganz ruhig da.

»Wann sind wir da?«, fragte sie, fast ohne die Lippen zu bewegen.

»Gleich.«

Sie schien erleichtert, als sie wieder festen Boden unter den Füßen hatte, und marschierte sofort los, dass Muschalik Mühe hatte ihr zu folgen. Sie ging etwas breitbeinig und irgendwie tapsig. Wie ein Sohlengänger, dachte er. Sie waren im Rheinpark, der ihr offensichtlich gefiel, denn ihr Gesicht entspannte sich. Sie wollte ganz nah am Ufer entlanggehen und ließ ihre Augen nicht vom Wasser. Weiße Personenschiffe waren in beiden Richtungen unterwegs, und sie blieb manchmal stehen und sah ihnen sehnsüchtig nach. Sie las die Namen, die am Bug standen, bewegte die Lippen, ihre Stimme hörte er nicht. Übermütige Passagiere winkten ihnen zu, Muschalik winkte zurück, aber Nelly ließ die Hände in den Manteltaschen. Auf der Promenade war sonntägliches Getümmel. Jugendliche, gut gerüstet gegen Stürze, fuhren Slalom auf Skates. Auf den Bänken saßen Mütter und schaukelten ihre Kinderwagen hin und her, eine stillte ihr Baby unter ihrer Jacke. Zwei Hunde gerieten auf der Wiese aneinander.

Nelly setzte ungerührt ihren Weg fort, als ginge sie durch alle hindurch.

Manchmal fühlte Muschalik sich beobachtet, spürte einen Blick im Nacken, aber wenn er sich umsah, konnte er nichts Auffälliges entdecken. Niemand sprang hastig hinter einen Busch oder sah besonders gelangweilt in eine andere Richtung.

An den Rheinterrassen lud Muschalik sie zu einem Kaffee ein. Sie setzten sich einander gegenüber, ohne sich anzusehen. Als er ihr vorschlug, auch ein Stück Kuchen zu bestellen, nickte sie. Der Kellner, der nach einer Weile an ihren Tisch kam, zählte auf, was er zu bieten hatte: Käsesahne, Obstkuchen mit Sahne und Kirschstreusel.

»Was möchten Sie?«

Sie konnte sich nicht entscheiden.

»Vielleicht alle drei?«, fragte Muschalik und lächelte ihr aufmunternd zu.

»Nein. Nichts«, wehrte sie heftig ab.

»Aber ich. Ich nehme eine Käsesahne.«

»Ich auch«, sagte sie schnell.

Der Kellner schien seltsame Gäste gewöhnt, schrieb die Bestellung auf und ging zum nächsten Tisch.

»Es ist schön hier«, sagte sie endlich.

»Ja, hier weht immer ein Wind, und hier riecht es nach Wasser.«

Er hatte nicht vor sie auszufragen und über irgendetwas anderes als über diesen Tag zu reden, aber sie fing von selbst an.

»Ich war noch nie hier. Und ich habe auch sonst fast nichts von Köln gesehen, nur die Straße, in der ich wohne, und den Weg zum Zoo.«

Der Kellner brachte den Kaffee und sagte, dass er die Torte gleich nachliefern würde.

»Ich wohne auf der Barbarastraße«, fuhr Nelly fort, »und ich gehe immer zu Fuß zum Zoo.«

»Ich gehe auch immer zu Fuß zum Zoo«, sagte Muschalik, und er sah zum ersten Mal, dass sie hellbraune Augen hatte.

Sie sah nervös aus, als überlege sie, was sie ihm noch erzählen könne, und drehte am Knoten ihres roten Halstuches. Aber es schien ihr nichts mehr einzufallen. Sie erhob sich. »Ich würde gern über diese Brücke da zurückgehen«, sagte sie und zeigte auf die Hohenzollernbrücke mit ihren drei mächtigen Bögen aus Stahl.

»Aber der Kuchen ist unterwegs, und Sie haben Ihren Kaffee nicht einmal angerührt.«

»Jetzt.«

»Wir müssen wenigstens bezahlen«, hielt Muschalik sie zurück. Sie setzte sich nicht wieder hin, sondern blieb mit dem Rücken zu ihm stehen und sah auf den Rhein.

Der Kellner bediente an einem anderen Tisch. Muschalik ging auf ihn zu und drückte ihm einen Schein in die Hand und entschuldigte sich.

Auf der Hohenzollernbrücke donnerten Züge, und sie konnten sich nicht unterhalten. Das alte Stahlgerüst bebte unter ihren Füßen, und Nelly wich zur Seite, wenn ein Zug anrollte. Sie hielt sich die Ohren zu und schloss die Augen. Muschalik stupste sie an, wenn der Zug an ihnen vorbeigefahren war. Aber schon kam aus der anderen Richtung der nächste.

Sie war ungewöhnlich schreckhaft.

Er versuchte sie abzulenken und zeigte auf das Rheinpanorama, das ihn immer noch faszinieren konnte, die bescheidene Skyline am Ufer: Links von der Hohenzollernbrücke folgten dem Dom die wellenförmigen Giebel des Museum Ludwig, unter dem sich die Philharmonie befand, die schmalen, bunten Altstadthäuser und schließlich der viereckige Turm von Groß Sankt Martin. Am Konrad-Adenauer-Ufer war es nicht zu laut für ein Gespräch, aber es fand keines statt, nicht an St. Kunibert und nicht an der Bastei. Sie sah nicht nach links oder rechts und ging immer einen Schritt vor Muschalik. Erst als der Zoo von der Fußgängerbrücke aus in Sichtweite kam, schien sie erleichtert und verlangsamte ihren Schritt. Unter ihnen hielt eine Straßenbahn in Richtung Innenstadt und Fahrgäste stiegen ein und aus. Auf der Riehler Straße floss ein ruhiger Sonntagsverkehr.

Sie verabschiedeten sich vor dem Haupteingang.

»Ich gehe durch den Nebeneingang nach Hause, das ist näher für mich«, sagte sie.

»Dann bis morgen, vielleicht.« Muschalik atmete schwer.

»Ja, bis morgen.« Sie zögerte und sagte dann: »Es war ein schöner Nachmittag.«

»Wir könnten auch mal eine Schiffstour machen«, schlug er vor, er hatte ihren sehnsüchtigen Blick auf den Rhein nicht vergessen.

»Ja«, erwiderte sie, »mit einem weißen Schiff.«

»Außerdem kann ich sehr gut kochen.«

Sie sah ihn erstaunt an.

»Ich bin Pfannkuchenspezialist.«

Und er brachte sie zum Lachen, zu einem lautlosen Lachen. Sie sah ganz anders aus, wenn sie lachte. Viel jünger. Aber es dauerte nur einen Moment.

7. Kapitel

Am Montagmorgen rief Muschalik Kraft im Polizeipräsidium an, er sollte nicht auf die Idee kommen, ihm wieder die Kinder zu bringen.

»Sie sind in Wiesbaden.«

»Das ist gut. Ich will nämlich den ganzen Tag im Zoo verbringen. Allein.«

»Klingt spannend.«

»Ja, das ist es. Und du?«, fragte Muschalik ihn.

»Ich arbeite.«

Kraft hörte sich nicht gut an.

»Sieh zu, dass Rosa kommt. Rede mit ihr. Ich kann sie nicht ersetzen.«

»Du hast gut reden.«

»Ja, genau, ihr müsst reden. Redet miteinander. Und vor allem hör ihr zu. Frauen wollen, dass man ihnen zuhört.«

Kraft legte auf.

Muschalik konnte sich nicht länger mit Krafts Problemen befassen, denn er war mit der Idee wach geworden, für Nelly zu kochen. Nicht Pfannkuchen, das war viel zu einfach. Er zog sein Kochbuch zu Rate und entschied sich für das Schweinegulasch auf Seite 128, das er mit Madeira oder Tomate verfeinern sollte. Er wählte den Madeira. Die Zutaten kaufte er in strömendem Regen im Supermarkt auf der Neusser Straße.

Im Zoo angekommen machte er sich gleich auf den Weg zum Bärengehege, wo er Nelly den durchnässten Einkaufsbeutel zeigte und sagte, dass er alles für ein Gulasch für zwei Personen eingekauft hätte.

»Und eine Flasche Madeira zum Verfeinern der Sauce«, pries er sein Vorhaben an.

»Ich weiß nicht, was Madeira ist«, sagte sie verlegen.

»Dann werden Sie ihn probieren müssen.«

Er holte die Flasche aus dem Einkaufsbeutel und zeigte ihr das dunkelrote Etikett.

»Ja, ich würde gern Gulasch essen.«

Der Zoo schloss um achtzehn Uhr, sie würde eine halbe Stunde später bei ihm sein.

»Florastraße 184, direkt gegenüber der Kirche«, sagte er zum Abschied.

Er glaubte ein Lächeln auf ihrem Gesicht gesehen zu haben. Sie schien sich zu freuen, so wie er, als hätten sie beide lange keine Verabredung gehabt, zumindest keine wie diese. Er würde endlich richtigen Damenbesuch bekommen.

Da allein die Schmorzeit laut Herrn Dr. Oetker eine Stunde dauern würde, und er nicht einschätzen konnte, wie ihm die Zubereitung von der Hand gehen würde, verzichtete er auf einen Rundgang und eilte mit schnellen Schritten in Richtung Ausgang, als er leise Stimmen hörte. Er blieb stehen. Auf dem Wirtschaftsweg, halb versteckt durch Büsche, entdeckte er drei Männer, die die Köpfe zusammensteckten. Zuerst konnte er nicht verstehen, was sie sagten. Er trat näher und hielt sein gutes, sein rechtes Ohr in ihre Richtung.

»... in Duisburg.« Das war Jartmanns Stimme. »Irgendetwas ist immer dran.«

»Ich weiß nicht«, sagte ein anderer zögernd.

»Doch, doch. Sie haben es mir selbst erzählt.«

»Ich weiß nicht.«

Eine dunkelblaue Pudelmütze wippte auf und ab.

»Es ist nicht zu fassen. Mattis habe ich es auch schon gesagt, aber er wollte auch nichts davon hören. Ist euch denn alles egal?«

»Wenn man doch nichts Genaues weiß.«

»Das ist ja eine ganz billige Masche. Hast du was gegen sie?«

»Nein. Blödsinn. Nur wenn es wahr ist, muss es doch endlich herauskommen.«

»Beschwer dich doch beim König.«

»Was für ein König?«, war die fassungslose Frage.

»Eben.« Die beiden anderen lachten Jartmann aus.

Im Gespräch näherten sich die drei dem Hauptweg, und Muschalik sah zu, dass er verschwand. Der nasse Einkaufsbeutel schlug gegen seine Beine. Jartmann hatte von Duisburg gesprochen, Nelly kam aus Duisburg, überlegte Muschalik fieberhaft, es war um Nelly gegangen. Der Frieden im Zoo schien endgültig dahin.

* * *

In seiner Küche erhitzte er voller Unruhe fünfzig Gramm Speck, legte das Fleisch in den Topf und ließ es von allen Seiten gut bräunen. Er schnitt eine große Zwiebel vorschriftsmäßig in kleine Würfel und warf sie dazu. Und schon begann die Schmorzeit, während der Muschalik nervös im Kochbuch blätterte. Zum Schluss schmeckte er mit Paprika, Salz und Madeira ab. Er probierte, es schmeckte tatsächlich nach Gulasch. Aber kein bisschen nach Madeira. Er goss nach. Dann nahm er den Topf von der Herdplatte und dachte an Nelly.

Kurz vor 18 Uhr kochte er ein halbes Pfund Bandnudeln als Beilage. Um 18 Uhr und 20 Minuten war der Tisch gedeckt, und Muschalik stand am verregneten Wohnzimmerfenster. Pünktlich um 18 Uhr 30 sah er Nellys knallroten Sommermantel in die Florastraße einbiegen. Sie trug keinen Schirm. Er wusste, dass sie sehr schnell gehen konnte. Und er wollte nicht, dass sie ihn am Fenster stehen sah. Er trat zurück, ging in die Küche und öffnete einen Pinot Grigio von 1998. Der Korken brach auf halber Strecke, mühsam zog er die Reste heraus. Er sah immerzu von der Küche aus zum Wohnzimmerfenster. Die Gardine, hinter der er gestanden hatte, bewegte sich leicht, sie war noch nicht zur Ruhe gekommen. Er stand da mit dem Korkenzieher in der Hand und wartete. Seinen Berechnungen zufolge musste es jeden Augenblick klingeln. Schließlich ging er Richtung Wohnungstür, um sofort den Türdrücker betätigen zu können.

Es hätte längst klingeln müssen.

Vorsichtig sah er noch einmal durch die Gardine aus dem Fenster hinunter auf den Bürgersteig. Den Hauseingang konnte er nicht sehen, weil ein viereckiges Betondach darüber angebracht war.

Er öffnete seine Wohnungstür, sah die Treppen hinunter, probierte seine Klingel aus. Eine letzte Möglichkeit war eine defekte Klingel unten am Hauseingang. Er lief die drei Stockwerke hinunter, öffnete die Haustür und sah hinaus, sah links und rechts die Florastraße entlang, in der Pfützen wie Seen standen.

Nelly war nicht zu sehen, und seine Klingel war in Ordnung.

Sie hatte ihn versetzt.

Und in St. Hildegardis läuteten höhnisch die Glocken.

Muschalik aß zwei Teller Gulasch mit Bandnudeln und trank den restlichen Madeira. Und er leerte den Pinot Grigio von 1998. Danach war ihm schlecht.

8. Kapitel

Gestern hätte sie immer weiter gehen können. Sie hatte keine Müdigkeit gespürt und sich leicht gefühlt.

Die Seilbahn und das gegenüberliegende Ufer hatten sie schon lange gelockt, vor allem die Brücken. Vom Ufer aus hatte sie sie gesehen und sich vorgestellt, wie es wäre, über dem Rhein zu schweben, über die Brücken zu gehen. Hoch über allem. Aber allein wäre sie dort nicht hingegangen. Es war viel zu weit weg vom Zoo.

Ob er bemerkt hatte, dass sie Angst gehabt hatte? Sie hatte nicht gewusst, wie es ist, keinen Boden unter den Füßen zu haben. Keinen festen Boden. Und so hoch über dem Wasser zu sein, dass man das Gefühl hatte zu fliegen. Sie hatte keine Angst gehabt ins Wasser zu fallen. Wasser machte ihr keine Angst. Sie hatte Angst gehabt sich dort oben zu verlieren.

Sie war zu schnell für ihn gegangen.

Er war meist hinter ihr gewesen. Aber sie konnte nicht langsam gehen. Wenn sie langsam ging, hatte sie das Gefühl zu fallen. Jetzt wird er nicht noch einmal mit ihr gehen wollen. Auch wenn er es gesagt hatte. Das heißt nichts. Er muss nicht tun, was er sagt. Er wird diese Schiffstour niemals mit ihr machen. Er hatte es nur aus Höflichkeit gesagt. Er war höflich.

Und sie hatte zu wenig geredet.

Sie hatte auf der Caféterrasse krampfhaft nach einem Thema gesucht. Sie wusste nicht, ob er über den Zoo reden wollte. Und worüber hätte sie sonst reden sollen? Auch wenn der Kuchen vor ihr gestanden hätte, hätte sie ihn nicht essen können. Der Kloß in ihrem Hals war viel zu groß gewesen. Dabei liebte sie Süßes.

Und dann die Brücke.

Sie wollte die Brücke schnell hinter sich bringen. Nach der Fahrt mit der Seilbahn hatte sie Angst, es würde dort ebenso sein. Aber es war noch schlimmer. Die tosenden Züge. Der zitternde Boden unter ihr. Ein Sturm war durch ihren Kopf gefegt und hatte alle Türen zugeschlagen.

Als sie wieder auf der Straße war, war alle Angst verschwunden. Sie hatte sich leicht gefühlt.

Sie fühlte sich immer noch so.

Während sie an ihren Ausflug dachte, kraulte sie sein Fell. Sie strich die Knoten glatt, holte kleine Halme heraus, die er vom Schlaf im Stroh zurückbehalten hatte. Er schloss die Augen, stemmte sich fest gegen die streichelnde Hand, mit seinem ganzen Gewicht, sodass er fast umfiel, und brummte sanft. Es ging ihm gut.

Wie ihr.

Darum hatte sie die Einladung zum Essen angenommen. Sie wollte ihre Angst besiegen. Nach dem Ausflug war sie mutig geworden.

Vor seinem Haus sah sie hoch.

Im Erdgeschoss stand eine Frau auf dem Balkon. Im zweiten Stock bewegte sich eine Gardine. Aus der Haustür kam ein Paar. Der Mann hielt ihr freundlich die Tür auf. Aber sie konnte nicht hineingehen.

Das Haus, in dem er wohnte, war wie das Haus in Duisburg. Auf einmal fürchtete sie die Nähe. In einer Wohnung. In einem Zimmer. An einem Tisch.

Mit ihm.

Was wollte er von ihr?

Erinnerungen überfielen sie, und sie musste auf dem Absatz kehrtmachen.

Als ein Mann vor Jahren in ihr Leben getreten war, hatte sie sich zuerst gewehrt. Es war gefährlich, mit einem Mann zusammen zu sein. Männer hatten eine Neigung zu Gewalt, töteten Bären, hackten ihnen die Tatzen ab, hielten sie in Käfigen, quälten sie.

Aber dieser Mann schien anders gewesen zu sein. Er war sanft und geduldig. Und sie hatte ihm vertraut. Bald hatte sie es als angenehm empfunden, nicht mehr so viel allein zu sein. Seine Berührungen hatten ihr gut getan, sie hatte es geschehen lassen, obwohl es ihr selbst nicht gelungen war, ihn zu berühren.

Doch als er ihrer Liebe sicher gewesen war, hatte er sich verändert und ein anderes Gesicht gezeigt. Er hatte sie in eine Falle gelockt und begonnen über ihr Leben zu bestimmen; erst in den kleinen Dingen des Alltags, was sie essen sollte, was sie anziehen sollte. Er hatte gewollt, dass sie sich änderte und wurde wie die anderen Frauen, die er ihr zum Vorbild machte. Er hatte sie überwacht, war ihr überall hin gefolgt. Die wenigen Worte, die sie mit Kollegen im Zoo wechselte, hatte er ihr verboten. Alle Gänge außer Haus hatte er ihr abgenommen. Er hatte sie isoliert, mehr als sie selbst es vermocht hätte. Sie hatte nicht mehr gewusst, wie sie sich befreien sollte.

Eines Tages aber hatte er eine unerfüllbare Forderung gestellt. Wie hatte er von ihr verlangen können, den Zoo aufzugeben?

Kaspar war eine Art Schutzheiliger für sie geworden, ohne den sie nicht existieren mochte, nicht ohne Angst vor dem Leben zu haben.

Kein Tag war vergangen, ohne dass sie über eine Lösung nachgedacht hätte. Und dann war die Idee eines Tages da gewesen, wie von selbst, hatte sich fest gefressen und nicht mehr losgelassen. Die Idee, beides haben zu können, war zu einem Plan geworden.

9. Kapitel

Als Muschalik am nächsten Morgen erwachte, schlug ihm ein süß-saurer Geruch entgegen, und er wusste erst nicht, wo er war. Vorsichtig prüfte er, wie es ihm ging. Sein Magen rebellierte noch, als er die Hand darauf legte, ein grausamer Kopfschmerz hämmerte gegen seine Schläfen, und der Geschmack in seinem Mund war widerlich. In der Küche stellte er fest, dass er das Geschirr nicht abgewaschen hatte und im Topf noch das angetrocknete Gulasch klebte. Er lüftete, stellte seinen Teller in die Spüle und ließ Wasser hineinlaufen. Das übriggebliebene Gulasch kippte er in die Toilette. Dann kochte er einen Pfefferminztee, vergaß ihn in der Küche und legte sich wieder hin. Er war noch nicht imstande, eine feste Mahlzeit zu sich zu nehmen, und konnte erst nachmittags in den Zoo gehen, als er sich ein wenig besser fühlte.

Er ging nicht sofort zur Bärenanlage, sondern erst zum Marabu, setzte sich auf eine Bank und sprach mit ihm über den gestrigen Abend. Der Marabu klimperte verständnisvoll mit den Lidern.

»Der Marabu gehört zur Familie der Störche und damit zur Ordnung der großen Schreitvögel, den Ciconiiformes«, rief Jartmann schon von weitem. Er zog einen Anhänger mit leeren Futtereimern und Schlauchwagen hinter sich her und parkte ihn hinter der Bank. Muschalik konnte ihm nicht mehr entkommen.

»Ciconiidae ist das lateinische Wort für Störche, der Afrikanische Marabu ist der Leptopilos cruimeniferos. Aber es gibt auch den Indischen und Sunda-Marabu, jedoch nicht hier im Kölner Zoo.«

»Ich weiß«, unterbrach Muschalik ihn endlich.

»Wenn das so ist, habe ich Sie wohl unterschätzt.«

»Das ist sehr gut möglich.«

»Einen schönen Tag wünsche ich noch«, sagte Jartmann, griff wieder nach der Deichsel des Anhängers und wollte sich auf den Weg machen.

»Was ist denn mit Duisburg?«, rief Muschalik hinter ihm her und stand auf.

Jartmann drehte sich überrascht um.

»Ich habe einen Teil Ihres Gesprächs gestern mitbekommen. Unfreiwillig. Haben Sie aus Duisburg schlechte Nachrichten erhalten?«

»Allerdings.«

»Was soll aus Duisburg schon Gutes kommen?«

Jartmann zögerte, aber dann kam er ein paar Schritte auf Muschalik zu und sagte: »Sie wissen doch sonst alles.«

»Ja, was den Kölner Zoo angeht, bin ich ziemlich fit. Aber in Duisburg war ich noch nie. Meinen Sie etwa den Duisburger Zoo?«

Jartmann nickte und stellte den Anhänger wieder ab.

»Ich weiß nur, was alle wissen, dass Nelly Luxem aus Duisburg kommt. Es stand in der Zeitung.«

Jartmann lachte gackernd und sagte: »Sie scheint eine bewegte Vergangenheit zu haben.«

»Hat die nicht jeder? Ich habe auch schon einiges erlebt. Das bleibt nicht aus, wenn man älter wird. Sie werden noch sehen ...«

»Aber nicht jeder hat eine zweifelhafte Vergangenheit.«

»Ich bin von Berufswegen neugierig«, bedrängte Muschalik ihn, »ich hasse Andeutungen.«

»Es würde mich nicht wundern, wenn der Unfall an der Bärenanlage gar kein Unfall war.« Jartmann tat geheimnisvoll.

»Was denn sonst?«

»Mord natürlich. Wer von uns beiden war denn Polizist?«, fragte Jartmann spöttisch.

»Wie kommen Sie darauf?«

»Gehen Sie der Sache mal nach.« Jartmann hob die Deichsel wieder an, machte sich auf den Weg und rief ihm über die Schulter zu: »Ein Tipp von mir.«

Muschalik holte tief Luft. Jartmann war wie ein Unwetter. Man musste stillhalten, ihn über sich ergehen lassen und sich dann schütteln wie nach einem Regenguss. Aber heute hatte er eine Lawine in Muschaliks Kopf ins Rollen gebracht.

»Entschuldigung«, Nelly stand plötzlich neben ihm, »ich habe es gestern Abend nicht mehr geschafft. Ich hatte noch so viel zu tun.« Nervös sah sie sich um.

»Das macht doch nichts«, sagte Muschalik, und seine Augen folgten ihren Blicken »Jartmann war schon hier. Er wird nicht noch einmal kommen. Er hat mir einen Vortrag über Marabus gehalten.«

»Welche Marabus?«, fragte sie zerstreut.

Muschalik zeigte auf die kleine Gruppe, die zwischen den Weißnacken-Moorantilopen hin und her stakste.

»Ach ja, die Marabus«, sie seufzte, »sonst hat er nichts gesagt?«

Muschalik zögerte kurz, sagte dann aber doch: »Nein, sonst nichts. Hat auch gereicht.«

»Sollen wir heute Abend die Schiffstour machen, von der Sie gesprochen haben?«, fragte sie, und er merkte, wie schwer es ihr fiel den ersten Schritt zu tun. Wie viel musste ihr daran liegen, dachte er.

»Ja, gerne.«

Er hatte ihr längst den gestrigen Abend verziehen, und es war ein guter Tag für eine Schiffstour. Es regnete fast überhaupt nicht, und wenn, dann lösten sich nur für ein paar Minuten einzelne Tropfen aus dem Himmel.

»Eine Abendfahrt?«

»Wie Sie wollen«, sagte sie und ließ ihn auf seiner Bank zurück.

Er folgte ihr nach einer Weile und sah am Gehege der Okapis wieder die Malerin. Nelly grüßte sie nicht, obwohl sie sie kennen musste, denn sie war sicher so oft hier wie er selbst.

»Der Kommissar und die Bärenpflegerin«, sagte die Malerin, und es hörte sich an wie der Titel eines Bildes. Ein Bild, auf dem ein kleiner Mann im karierten Blouson und karierter Schirmmütze eine große Frau in Olivgrün verfolgte, im Hintergrund grasten Okapis.

Muschalik blieb stehen. »Darf ich Sie etwas fragen?«

Sie nickte erstaunt.

»Sie kennen doch Nelly Luxem.«

Sie zog die grauen Augenbrauen hoch, sah ihn fragend an, und beide blickten den Weg hinunter, den Nelly gerade verlassen hatte.

»Aber sicher«, sagte sie, und er versuchte, aus der Art, wie sie es sagte, zu erkennen, was sie dachte.

»Wenn *ich* Kommissar wäre, würde ich sie nicht aus den Augen lassen«, sagte sie und sah ihn eindringlich an.

»Und der Praktikant?«

»Er ist voller Unruhe. Es ist nur ein Gefühl, das ich habe, ein sehr unbestimmtes Gefühl. Er scheint gefährlich zu sein.«

»Das habe ich auch.«

»Aber da ist noch etwas.«

Muschalik horchte auf.

»Die Gefahr geht nicht allein von ihm aus.«

»Wer ...?«

Ratlos zuckte sie mit den Schultern, verwischte mit den Fingerspitzen einen Strich zu einem Schatten, hielt den Block in Armeslänge von sich und legte ihn zurück auf ihre Knie.

* * *

Sie trafen sich an der Anlegebrücke 5 gegenüber der Philharmonie, dort, wo die Altstadt begann. Nelly erschien – wie wohl immer außerhalb des Zoos – in ihrem knallroten Sommermantel, Muschalik mit Knirps, da er dem Wetter nicht traute. Sie setzte zuerst vorsichtig den rechten Fuß auf die hölzerne Anlegebrücke. Dann zog sie den anderen Fuß nach. Hinter ihr drängelten die Passagiere. Sie wurde geschubst und gestoßen, aber sie achtete nicht darauf. Muschalik verlor den Anschluss, eine Gruppe hatte sich zwischen sie gedrängt. Er sah ihre Schultern in dem knallroten Sommermantel und ihre hellbraunen Haare und versuchte sie einzuholen und an Deck zu dirigieren. Sie drehte sich suchend nach ihm um. Er machte ihr ein Zeichen, die schmale Treppe hochzugehen, doch sie verstand es nicht. Als er endlich neben ihr stand, ging er vor, die Treppe hinauf, und sie folgte ihm dicht.

Die Holzbänke an Deck, die rund um den Schiffsrumpf herumführten und in Reihen hintereinander standen, waren schon zu einem großen Teil besetzt. Muschalik und Nelly erwischten einen letzten, ungünstigen Platz direkt vor der flatternden Fahne am Heck.

»Das Heck«, sagte Muschalik, »Heck ist gut.«

Und er spürte wieder den Blick im Nacken, so intensiv, dass er sich an der Stelle kratzen musste. Suchend sah er sich um, studierte eingehend jedes Gesicht, keiner der Passagiere schien ihn zu beachten.

Das Wasser quoll in einem schäumenden Schwall unter der Schraube hervor. Die Fahne flatterte laut. Das Schiff legte pünktlich um zwanzig Uhr ab, sie hatten eine Fahrt von zwei Stunden vor sich und würden in die Dunkelheit hineinfahren. Die Passagiere redeten gegen die Motorengeräusche an. Nelly beobachtete sie, und Muschalik beobachtete Nelly.

Sie war auf dem Wasser, dem Wasser ganz nah, das schien ihr zu genügen und zu gefallen. Sie hatte keine Angst, nicht wie in der Seilbahn oder auf der Hohenzollernbrücke, das Wasser beunruhigte sie nicht. Leicht wiegte sie sich im Rhythmus der Wellen. Ein roter Sonnenuntergang legte sich über die Dächer der Stadt und färbte das Wasser kupfern. Das Schiff drehte schließlich in Höhe des Stadtteils Wesseling und machte sich nahe dem rechten Ufer auf den Rückweg. Als es so dunkel war, wie es in einer Großstadt dunkel werden konnte, und das Rheinpanorama nur noch durch Lichter zu erkennen war, saßen sie allein an Deck und probierten mehrere Sitzplätze aus.

Es war kühl geworden. Bunte Lampions spiegelten sich in Regenbogenfarben in den schwarzen Wellen. Das Schiff glitt mit dem Strom ohne viel Motorenlärm rheinabwärts, und unter Deck spielte eine Band zum Tanz auf. Es war ein bekanntes Lied über den Vater Rhein und sein Bett und den Wein an seinen Ufern, und Muschalik klopfte mit den Füßen den Takt.

Nelly sah aufs Wasser und strich sich eine Haarsträhne aus der Stirn. »Warum nehmen Sie sich so viel Zeit für mich?«, fragte sie ohne ihn anzusehen.

»Ich will nur, dass es Ihnen wieder gut geht.« Und als sie nicht antwortete, fuhr er fort: »Und dass Sie den Unfall so bald wie möglich vergessen.«

»Er macht Andeutungen«, stieß sie plötzlich zusammenhanglos und mit fremder, entsetzter Stimme hervor. Es war ein Hilfeschrei.

»Wer?«

Der Wind war aufgefrischt und verschluckte ihre Antwort. Als er sie bat, sie zu wiederholen, reagierte sie nicht.

»Jartmann?«, fragte er nach und verfluchte den Wind über dem Rhein.

Erst schüttelte sie den Kopf, dann nickte sie. Die Enden ihres roten Halstuches flatterten und schlugen ihr ins Gesicht.

Als das Schiff anlegte, wartete Nelly, bis alle Passagiere an Land gegangen waren, so als könne sie sich vom Wasser nicht trennen. Endlich kam ein Steward zu ihnen und forderte sie freundlich auf, das Schiff zu verlassen. Auf Nellys enttäuschten Blick hin, erklärte er: »Sie können leider nicht an Deck übernachten.« Er machte eine zackige Verbeugung dazu.

Am Ufer zeigte Muschalik durch den Rheingarten hinüber zu den schmalen Häusern der Altstadt und schlug ihr ein Kölsch in der *Römerschänke* zur Abrundung des Abends vor, aber Nelly lehnte ab.

»Trinken Sie lieber Wein?«, wollte er wissen, als Duisburgerin mochte sie vielleicht kein Kölsch.

Nein, darum ginge es nicht, sie müsse nur sehr früh aufstehen und für ihre Gewohnheit wäre es schon spät , sagte sie voller Unruhe.

»Vielleicht ein anderes Mal«, schlug er vor.

»Vielleicht.«

»Welche Andeutungen macht er?«, versuchte Muschalik den Faden wieder aufzunehmen. »Ist es wegen Duisburg?«

Sie antwortete nicht, sondern sah mit versteinerter Miene in die Dunkelheit.

»Wegen Duisburg?«, drängte er sie.

Sie nickte unmerklich.

»Was ist in Duisburg geschehen? Und was geht es ihn an?«

Sie wandte sich von ihm ab und ging voraus. Er überholte sie, stellte sich vor sie, blockierte ihren Weg.

»Reden Sie. Vielleicht kann ich etwas tun.«

»Nein«, sagte sie leise, »das können Sie nicht.«

Sie folgten dem Ufer über die Trankgassenwerft. Auf der Hohenzollernbrücke donnerten wieder die Züge, deutlich hörten sie das rhythmische Schlagen der Räder auf den Gleisen, das sich entfernte. Nach hundert Metern, gegenüber von St. Kunibert, teilte sich der Uferweg. Eine Hälfte blieb auf gleicher Höhe, die andere führte hinunter. Im Frühling konnte man sie nicht begehen. Wenn die Schneeschmelze den Rhein ansteigen ließ, lag sie fast auf gleicher Höhe mit dem Wasserspiegel. Bei Stromkilometer 689 trat das Wasser dann oft über die Uferbefestigung und überschwemmte den unteren Weg.

Aber heute hielt der Rhein gebührenden Abstand, nur an den kleinen Treppenaufgängen schlug er warnend gegen die Stufen, und die leeren Anlegebrücken der »MS Rheintreu«, »Stolzenfels« und »Siebengebirge« ächzten und stöhnten im Wellengang. Das Hotelschiff *Swiss Cristal* hatte angelegt. An Deck war eine Bar eingerichtet, und das bläuliche Licht des Swimmingpools spiegelte sich in den Gesichtern der Gäste. Im Hintergrund spielte eine Drei-Mann-Band Glenn Miller.

Muschalik verabschiedete sich von Nelly kurz vor Mitternacht am Haupteingang. Sie wollte wieder durch den Zoo und den Nebeneingang gehen, um den Weg nach Hause abzukürzen.

»Kommen Sie jetzt noch hinein?«

»Ich habe einen Schlüssel.«

»Es ist gleich Mitternacht«, sagte er, sah in den klaren Himmel und fand den Mond, »und Vollmond obendrein. Haben Sie keine Angst?«

Sie schüttelte den Kopf, und Muschalik bereute seine Frage sofort, der Zoo war womöglich der einzige Ort auf der Welt, an dem sie keine Angst hatte.

»Darf ich trotzdem mitgehen? Ich war noch nie nachts im Zoo.«

»Nein«, sagte sie, »das ist nicht erlaubt.«

»Niemand wird es erfahren«, bettelte er.

»Nein«, wiederholte sie ernst und ließ ihn stehen.

Sie schloss das Tor auf und sorgfältig wieder hinter sich zu. Durch die Gitterstäbe warf sie ihm einen letzten Blick zu, und die Trauer, die darin lag, traf ihn wie ein verletzender Pfeil. Eine Gefangene. Ratlos sah er ihren knallroten Sommermantel im dunklen Zoo verschwinden, ging auf und ab, versuchte seinen Kopf durch das Gitter zu stecken und etwas zu erkennen. An seinem Handgelenk baumelte der Knirps.

Dann beschloss er, Nelly wenigstens nach Hause zu begleiten und sie nicht mitten in der Nacht die Stammheimer Straße allein entlanggehen zu lassen. Der Nebeneingang lag in der gleichen Finsternis, hinter den weißen Drehtüren war nur Dunkelheit. Muschalik blieb stehen und wartete. Dann sah er auf der menschenleeren Stammheimer Straße in einiger Entfernung einen großen Schatten, der sich bewegte, und er beeilte sich ihn einzuholen. Sie waren fast auf gleicher Höhe, zwischen zwei Straßenlaternen, als sich der Fremde umdrehte. Ein Mann, der Muschalik fragend anstarrte.

»Entschuldigung«, murmelte Muschalik, »eine Verwechslung.«

Er lief weiter, an dem Mann vorbei, kam auf die Boltensternstraße und bog am Blumengroßmarkt links in die leere

Barbarastraße, als ihm einfiel, dass er ihre Hausnummer nicht kannte. Sie konnte auch einen anderen Weg genommen haben. Er drehte um, rannte zurück, wieder an dem Mann vorbei, der ihn erstaunt musterte, am Nebeneingang und am Haupteingang vorbei bis zur Riehler Straße. Er kreiste den Zoo systematisch ein. Nelly war nirgendwo zu sehen.

Als er vor der weißen Kalksandsteinmauer stand, dachte er, was Ben Krämer konnte, könne er schon lange. Er lief die Mauer entlang bis zu der Stelle, von der er annahm, dass dahinter die Bärenanlage sein müsse.

Zwischen Bürgersteig und Mauer war ein schmaler Grünstreifen angelegt. Unter einzelnen Bäumen machte sich Unkraut breit. Muschalik warf seinen Knirps in die Brennnesseln, stieg in eine Astgabel und versuchte von dort aus Halt an der Mauer zu finden. Er rutschte immer wieder ab. Ben Krämer war länger gewesen und vor allem jünger. Endlich schaffte er es, mit den Händen die obere Steinreihe zu fassen. Mit aller Kraft zog er seinen Körper nach und konnte schließlich das Kinn auflegen.

Ungefähr zwei Meter weiter rechts sah er die Höhlentür, und er sah Nelly. Einsicht in die Bärenanlage hatte er von dort nicht, die noch höhere Bruchsteinmauer versperrte sie. Nelly schloss gerade die Türe gewissenhaft ab, rüttelte noch einmal zur Kontrolle am Gitter. Dann sah er, dass sie nach einem Gegenstand suchte, den sie in der Dunkelheit nicht fand. Schließlich ging sie den Wirtschaftsweg hinunter.

Muschalik ließ sich fallen, seine Knie scheuerten über die Mauer. Es tat weh, einen Augenblick verharrte er bewegungslos und lauschte in die Nacht. Hinter ihm ratterte eine hell erleuchtete, leere Straßenbahn in den Tunnel. Irgendwo bellte ein Hund.

Atemlos kam er zum Nebeneingang.

Sie war erhitzt, so wie er, als sie das Tor öffnete, und sie sich im Licht der Straßenlaterne endlich gegenüberstanden. Ihr hellbraunes Haar hatte sich aus dem Gummiband gelöst und lag strähnig auf ihren Schultern. Er vermisste das rote Halstuch. Und er sah, dass der rote Sommermantel dunkle Flecken hatte. Ehe er sie danach fragen konnte, sagte sie außer Atem: »Haben Sie sich verlaufen?«

»Nein«, stammelte er, »ich wollte nur sicher sein, dass Sie heil zu Hause ankommen.«

Sie sah an ihm herunter, auf seine Beine. Als er ihren Blicken folgte, entdeckte er Löcher in seiner Hose über den Knien. Er sah nicht besser aus als sie.

»Es ist nicht mehr weit, kommen Sie«, forderte sie ihn auf.

Muschalik ging stumm neben ihr her. Er hatte sie gesucht, verfolgt, und nicht nur, weil er sie beschützen wollte. Er hatte ihr in einem unbestimmten Verdacht aufgelauert.

Sie wählte nicht die Stammheimer Straße, sondern ging geradeaus den Riehler Gürtel herunter. Sie folgten ein kurzes Stück der Amsterdamer Straße, dann bog sie rechts in die Barbarastraße ein und blieb nach ein paar Metern vor einem Hauseingang stehen. Es war die Nummer 8.

»Gute Nacht«, sagte sie und suchte ihren Schlüssel in den Manteltaschen.

»Sie waren lange im Zoo«, sagte Muschalik mit belegter Stimme.

»Ich habe nach dem Grizzly gesehen. Also, gute Nacht, noch einmal.«

»Gute Nacht.«

Muschalik sah die Tür ins Schloss fallen.

Im gleichen Augenblick begann der Regen. Er hatte den Knirps auf der Riehler Straße liegen lassen und fluchte. Der Regen wurde stärker. Er sah die Hauswand hoch, in keinem Fenster brannte Licht, auch nicht im Treppenhaus.

Morgen konnte er weiterfragen, versuchte er sich zu beruhigen, während er nass wurde. Morgen würden sie vielleicht im Rhein schwimmen, wenn es wieder aufgehört haben sollte zu regnen, oder zumindest die Füße eintauchen, am Ufer sitzen und den Schiffen nachsehen, und er würde ihr zeigen, wie man Steine über die Wasseroberfläche springen lässt. Wenn sie morgen immer noch nicht reden wollte, würde er sich Jartmann vorknöpfen und ihn festnageln, und wenn alles nichts half, würde er nach Duisburg fahren.

Morgen.

Er war in Gedanken bis zur Riehler Straße gelangt und fand im Unkraut seinen Knirps. Als er sich bückte um ihn aufzuheben, hörte er Metall scheppern und dachte, dass das Geräusch vom Knauf herrührte, der gegen die Mauer geschlagen hatte. Er wollte den Knirps aufspannen, aber er verhakte sich und klemmte, er ließ sich nicht öffnen und auch nicht mehr richtig schließen. Dann sah er einen kleinen, messingfarbenen Gegenstand in den Brennnesseln aufblitzen. Bevor er ihn wieder aus den Augen verlieren konnte, setzte er seinen Fuß darauf und hob ihn schließlich auf.

Es war eine Patrone, die er einsteckte, während eine Signallampe in seinem Kopf zu glühen begann.

10. Kapitel

Muschalik stand am nächsten Morgen lange vor der regulären Öffnungszeit ungeduldig vor dem Haupteingang.

»Boeh ... boeh ... boeh.« Ein klagendes Rufen drang durch den Zoo.

Und dann kamen sie. Sie hielten mit quietschenden Reifen direkt hinter ihm: der Notarzt, ein Einsatzfahrzeug der Polizei mit zwei Polizisten und den Leuten von der Spurensicherung, ein Leichenwagen mit zwei Bestattern, van Dörben und Kraft.

Das Tor wurde geöffnet, und sie rannten los. Die beiden Polizisten blieben draußen und sorgten dafür, dass niemand den Zoo betrat.

Kraft winkte Muschalik zu: »Los, komm mit!«

»Ich habe etwas für Sie.« Die Malerin stand plötzlich hinter ihm und zog aus ihrem Zeichenblock ein loses Blatt.

»Nicht jetzt«, winkte Muschalik ab.

Aber sie hielt ihm das Blatt entgegen. Er musste einen kurzen Blick darauf werfen, so viel Höflichkeit war er ihr schuldig.

Es war die Zeichnung eines Bären, der mit seiner vorderen Tatze in eine Falle geraten war, und Hyänen kreisten ihn ein. Er konnte sich nicht aufrichten, er konnte sich nicht wehren und war zum Sterben verurteilt. Die Hyänen warteten nur auf seinen Tod. Über ihnen schwebte ein Bengalgeier mit aufgerissenem Schnabel und weit ausgebreiteten Flügeln, die einen dunklen Schatten auf die Szene warfen. Ein paar dicke Regentropfen fielen auf das Blatt Papier, und die Kohlezeichnung begann wie ein Aquarell zu verschwimmen.

»Sie fragten mich nach der Bärenpflegerin«, erinnerte die Malerin ihn.

»Ja, ja, aber so wichtig war es nun auch wieder nicht«, sagte Muschalik ungeduldig. Er hatte jetzt wirklich keine Zeit für Kunst.

»Ich wusste nicht, wie ich erklären sollte, was ich dachte.«

»Bitte, wir können ein anderes Mal darüber reden«, drängte er und wollte ihr die Zeichnung zurückgeben, als er sah, dass der Bär das Gesicht von Nelly hatte und eine der Hyänen, die größte und stärkste in der Gruppe, das von Jartmann. Ihm fiel dessen Lachen wieder ein, das Lachen der Hyäne. Aber auch der riesige Bengalgeier hatte ein menschliches Gesicht, ein drohendes, unbekanntes Gesicht.

Irritiert gab er ihr die Zeichnung zurück, die sie unter die Blätter ihres Blocks schob.

* * *

Der Grizzly stand auf seinem Ausguck und schleuderte seinen Kopf hin und her und rief ohne aufzuhören. »Boeh ... boeh ... boeh.« Das nasse Fell klebte an seinem Körper. Am Gitter standen Kraft, Professor Nogge und alle Pfleger. Muschalik sah sofort, dass Nelly nicht unter ihnen war. Er schloss den Knirps notdürftig. Er wollte lieber nass werden, so wie die anderen, so wie der Grizzly. Er fühlte sich mittendrin in der Katastrophe, er war ein Teil von ihr geworden, nach der gestrigen Nacht.

»Thomas Jartmann«, sagte endlich Professor Nogge mit belegter Stimme, und ein Murmeln ging durch die Reihen.

Muschalik drängelte sich vor, blieb mit dem Knirps an Mattis' olivefarbenem Pullover hängen und stolperte über eine Stufe.

»Wo ist Nelly?«

Muschalik wusste nicht, wer es gefragt hatte, vielleicht er selbst, aber niemand konnte eine Antwort geben.

»Wo ist Nelly?« Der Zoodirektor fragte jetzt in forschem, bestimmendem Ton. Aber auch er bekam keine Antwort.

»Schafft sie hierher«, befahl er.

»Ich regele das«, sagte Kraft, »wo wohnt sie?«

»Barbarastraße 8.«

Muschalik sah Kraft zum Haupteingang laufen und einen der beiden wartenden Polizisten wegschicken.

Muschalik starrte hinunter in die Bärenanlage. Der Grizzly rief sein »Boeh ... boeh ... boeh« ohne Unterlass, und sein riesiger Kopf musste schon ganz wirr sein vom Hin- und Herschleudern. Er hob im Wechsel die rechte und die linke Tatze, sein massiger Körper wankte von einer Seite zur anderen. Muschalik sah den Kopf von Jartmann hinter dem Baumstamm, seine Beine oder Arme sah er nicht. Sie konnten hinter dem Baumstamm verborgen sein oder so, wie bei Ben Krämer, ganz woanders liegen. Er wandte sich ab. Mattis versuchte den Grizzly in seine Höhle zu locken, aber er reagierte nicht auf seine Rufe. Er hörte sie nicht, er wollte sie nicht hören. Nach einer Weile gab Mattis auf. Er hielt ein rotes Halstuch in den Händen und übergab es der Spurensicherung.

Kraft kam atemlos zurück. Muschalik nickte ihm zu. Regentropfen fielen von seiner karierten Schirmmütze wie Perlen. Als sie nebeneinander standen, flüsterte Kraft: »Es ist gefährlich im Zoo, Lorenz. Geh lieber auf den Friedhof.«

»Ja. Da sind schon alle tot.«

Mattis hatte Futter besorgt und stieg ein zweites Mal in die Bärenanlage. Dieses Mal gelang es ihm, den völlig erschöpften Grizzly in seine Höhle zu locken und dort einzusperren. Sein Klagen verstummte.

Jetzt untersuchten die Spurensicherung und van Dörben das Gelände zwischen den Baumstämmen und Felsbrocken. Der Notarzt kümmerte sich um Jartmann. Muschalik sah, dass er nicht zerrissen war. Aber er sah auch Wunden an Hals, Brust und Bauch des Opfers. Der Bart war weg. Nach einer Weile trugen die beiden Bestatter die Leiche in den Zinksarg und schlossen den Deckel.

Der Notarzt kam zu Kraft und Muschalik, zog seine Einweghandschuhe aus und sagte: »Der Tod ist schätzungsweise zwischen dreiundzwanzig Uhr und ein Uhr eingetreten. Die Verletzungen durch den Bären können ihn nicht getötet haben. Sie sind nur oberflächlich und viel zu geringfügig. Er ist erschossen worden. Er hat eine Schusswunde, links, direkt unter dem Schulterblatt.«

»Von einer Patrone wie dieser?«, fragte Muschalik, zog die Patrone aus der Tasche seines Blousons und hielt sie in der ausgestreckten Hand.

»Möglich. Sie steckt noch. Es könnte durchaus das gleiche Kaliber sein, das muss Ihr Ballistiker untersuchen.«

»Woher hast du sie?«, fragte Kraft, nahm die Patrone aus Muschaliks Hand.

»Gefunden.«

»Ach nee und wo?«, fragte Kraft ungläubig und drehte die Patrone zwischen den Fingern hin und her.

»Letzte Nacht auf der Riehler Straße.«

»Was machst du nachts auf der Riehler Straße?«

»Spazieren gehen«, antwortete Muschalik.

»Und wo lag sie genau?«

»Von hier aus gesehen hinter der Mauer und kurz vor der Bärenanlage.«

»Das ist ja interessant«, beendete Kraft das Verhör viel zu früh für Muschaliks Geschmack. Wahrscheinlich war er wie gewöhnlich nur halb bei der Sache, sodass er die Brisanz einer zweiten Patrone überhaupt nicht erkannte, als wollte er alles nur schnell und problemlos hinter sich bringen.

Muschalik zeigte van Dörben die Patrone, bevor er sie der Spurensicherung übergab.

»Leider ist sie blank vom Regen«, sagte Muschalik, »aber ich habe irgendwie das Gefühl, als könnte sie für Ben Krämer bestimmt gewesen sein.«

»Aber Theo hat doch nichts gefunden, wenn ich mich recht erinnere.«

»Kein Wunder, nicht wahr? Sie hat Ben Krämer glatt durchschossen und ist dann auf der anderen Seite der Mauer heruntergefallen.«

»Wie wollen Sie das beweisen?«

»Ist nur so eine Idee. Wenn die Ballistik feststellt, dass es sich um die gleichen Modelle handelt, wäre das ein großer Schritt voran.«

»Aber kein Beweis.«

»Nein. Einen Beweis werden wir wohl nie haben, außer Kraft findet einen geständigen Täter.«

»Da hab ich so meine Zweifel«, sagte van Dörben und Muschalik wusste nicht, wie er es meinte.

Die komplette Truppe stand schließlich zusammen. Muschalik hörte, wie der Zoodirektor Mattis mit der Versorgung des Grizzly beauftragte, bis Nelly gefunden wäre. Er sah Mattis wütend nicken und davongehen. Dann fragte Professor Nogge Kraft und van Dörben, was sie zu tun beabsichtigten.

»Thomas Jartmann ist erschossen worden. Wir suchen also einen Mörder«, sagte Kraft.

»Jartmann hatte ebenso wenig eine Genehmigung, den Zoo nachts zu betreten, wie Ben Krämer sie hatte«, erinnerte ihn Professor Nogge.

»Nelly Luxem auch nicht?«

»Doch, natürlich. Seit der Grizzly krank war und auch nachts betreut werden musste, hat sie einen Schlüssel für die beiden Eingänge und natürlich für die Höhlentür.«

»Wir müssen auf jeden Fall erst einmal den Zoo schließen. Der gesamte Zoo ist Tatort. Wir müssen unsere Untersuchungen auch auf die nähere und weitere Umgebung der Bärenanlage ausweiten bis zur Riehler Straße.«

»Wie lange wird das dauern?«, fragte Professor Nogge besorgt.

»Nur heute. Und was den Bären angeht«, begann Kraft, »müssen wir überlegen, ob er eingeschläfert werden sollte.«

»Der Bär hat Jartmann nicht getötet, Olaf«, sagte Muschalik.

»Das weiß ich auch, aber ...«

Der Zoodirektor wurde blass: »Wir haben nur diesen einen! Reicht es nicht, wenn ich ihn in seiner Höhle einsperren lasse?«

»Der Staatsanwalt entscheidet.« Kraft zog sich aus der Affäre und blickte zu van Dörben, der abwägend den Kopf hin und her bewegte, das Gesicht verzog und schließlich sagte: »Das muss ich mir noch überlegen, wir dürfen kein Risiko eingehen.«

Professor Nogge gab in der Zwischenzeit Anweisungen. Die Tierpfleger sollten selbstverständlich weiterarbeiten, lediglich das Kassenpersonal wurde beurlaubt. Es galt, keine Spuren zu verwischen und einen großen Bogen um alle vier Bärenanlagen zu machen.

Muschalik stand da und hörte, wie van Dörben Kraft mit der Leitung der Ermittlungsarbeiten beauftragte und sich verabschiedete.

Die Maschinerie lief an.

Ohne ihn.

Auf einmal wusste er, dass er es nicht aushalten würde, nicht dabei zu sein. Das hier war *sein* Fall. Er konnte ihn unmöglich Kraft mit seinen Privatproblemen überlassen und nur ein Zuschauer oder Mitläufer sein oder bestenfalls Ratgeber. Er konnte sich nicht mit Herrn Dr. Oetker beschäftigen, Kinder hüten und den Pensionär spielen, während Kraft womöglich – in seiner Nachlässigkeit – einen Fehler nach dem anderen machte. Er sah van Dörben nach, suchte krampfhaft nach einer schnellen Lösung und hatte eine Idee. Er folgte ihm.

»Herr van Dörben«, sprach er ihn an.

»Muschalik?«, van Dörben drehte sich um. »Hab ich etwas vergessen?«

»Nein.«

Van Dörben war ein großzügiger Mann, der eigentlich jedem vernünftigen Vorschlag zustimmte, der an ihn herangetragen wurde.

»Ich habe, wie Sie wissen, vor zwei Wochen meinen Vorruhestand angetreten«, begann Muschalik zögernd.

»Ja, das ist mir bekannt. Sie haben es gut. Sie können nach Hause gehen, wenn es brenzlig wird.«

»Das ist es ja.« Muschalik hatte seine Schirmmütze abgenommen und drehte sie in den Händen hin und her. »Ich kann es nicht. Nicht in diesem Fall. Ich kenne mich gut aus im Zoo, und ich pflege eine Art ... Freundschaft mit den meisten Tierpflegern.«

»Auch mit der Bärenpflegerin?«, fragte van Dörben interessiert.

»Nun ja, nicht direkt«, musste Muschalik zugeben, »aber ich kenne auch sie ziemlich gut. Ich habe meinen Urlaub noch nicht genommen. Eigentlich feiere ich ihn gerade ab, sonst wäre ich erst drei Wochen später in den Vorruhestand gegangen.«

»Und?«

»Ich dachte, wenn ich gebraucht würde, würde ich darauf verzichten.«

»Auf Ihren wohl verdienten Urlaub? Das wird nicht nötig sein«, van Dörben winkte ab.

»Aber mir liegt der Fall sehr am Herzen.«

Van Dörben musterte ihn skeptisch. »Sie meinen, Sie als ehemaliger Gewerkschaftler, Sie wollen unbedingt ...«

»Ja, unbedingt«, fiel Muschalik ihm ins Wort.

»Nun. Olaf Kraft leitet die Ermittlungen. Aber wenn Sie sich mit Kraft einig werden, mir soll es recht sein. Ich kann das mit dem Präsidenten für Sie klären. Werden denn drei Wochen reichen?«

»Sicher«, sagte Muschalik zuversichtlich.

»Wenn nicht, müssen wir uns etwas anderes einfallen lassen. Aber nicht, dass Sie mir hinterher zur Gewerkschaft rennen.« Van Dörben drohte mit dem Finger.

»Niemals«, beteuerte Muschalik, »ich hab mit der Gewerkschaft nichts mehr am Hut. Das ist vorbei.«

»Aber sich Kraft unterzuordnen wird Ihnen schwer fallen.«

»Das glaube ich nicht. Wir werden uns schon einig.« Muschalik atmete auf.

»Was halten Sie eigentlich von ihm?«

»Er wird einmal ein sehr guter Kommissar sein.«

Van Dörben sah ihn fragend an.

»Wenn er seine Privatprobleme im Griff hat.«

Muschalik verschaffte van Dörben einen kurzen Überblick über Krafts Familiensituation.

»Dann wird es ihm vielleicht sogar recht sein, wenn Sie dazustoßen. Und Sie können es wohl kaum abwarten, scheint mir. Für einen Ruheständler sind Sie ja auch viel zu jung.« Van Dörben schüttelte den Kopf.

»Vorruheständler bin ich«, erinnerte Muschalik ihn.

»Dumme Idee. Warum haben Sie das gemacht, bei Ihrem Elan?«

»Ach, das ist eine alte Geschichte. Als meine Frau noch lebte, da hatten wir einen Plan. Aber das ist lange her. Ich glaube, ich habe es wegen der Erinnerung daran getan, und ich wollte nicht zu denen gehören, die sich an ihren Job klammern, als gäbe es sonst nichts auf der Welt.«

Van Dörben schien zu verstehen. »Ja, manchmal sind die Dinge anders, als sie scheinen. Wir können auch die Sache mit dem Vorruhestand sicher wieder rückgängig machen, wenn Sie wollen. Ich muss mich da mal schlau machen.«

»Nein. Ich will nur noch diesen einen Fall haben.«

»Dann legen Sie los. Und erinnern Sie Kraft an den Bericht«, sagte van Dörben und wollte gehen.

»Ich hätte da schon sofort eine Bitte.« Muschalik hielt ihn zurück. »Es ist wichtig, den Bären leben zu lassen. Könnten Sie sich für das Einsperren entscheiden?«

»Wenn Sie mir sagen, warum.«

»Für den Fall, dass die Bärenpflegerin wirklich verschwunden ist und bleibt. Sie wird nicht wiederkommen, wenn es den Bären nicht mehr gibt.«

»Also gut«, entschied van Dörben, »dann wird er nur eingesperrt. Aber es muss gewährleistet sein, dass er auf keinen Fall aus der Höhle kann.«

»Ich rede mit dem Zoodirektor.«

* * *

Kraft schien sogar erleichtert, als er von Muschaliks kurzfristigem und vorübergehendem Wiedereintritt in den Dienst hörte, den dieser ihm portionsweise präsentierte. »Gott sei Dank«, stöhnte er, »der Fall macht mir nämlich Angst. Von wilden Tieren habe ich keine Ahnung.«

»Ich bin bei dir.«

Kraft grinste.

»Ich werde übrigens den Fall auch leiten.«

Kraft zog die Stirn kraus und schniefte. »Wer sagt das?«

»Van Dörben.« Muschalik fand, dass es sich viel besser anhörte.

»Wieso?«

»Keine Ahnung.«

Kraft murmelte etwas von Vorurteilen und Misstrauen, und Muschalik hatte ein schlechtes Gewissen.

»Sicher nur, weil mir der Ruf des Zookenners vorauseilt. Das hat nichts mit dir zu tun«, tröstete er Kraft.

»Na, dann soll's mir recht sein. Was machen wir also jetzt?«

»Wir ermitteln.«

Auf dem Weg zum Südamerika-Haus erzählte Muschalik Kraft vom nächtlichen Ausflug mit Nelly.

»Eine Schiffstour? Ihr zwei?«, fragte Kraft ungläubig, als wäre dies ein unvorstellbarer Gedanke.

»Ja, wieso nicht?«

»War es wenigstens schön?«

»Ja. Es war schön«, antwortete Muschalik trotzig.

»Dann war es wegen Nelly, dass du keine Zeit für die Kinder hattest, obwohl du die ganze Zeit im Zoo warst?«

Muschalik schwieg, es war nicht der richtige Moment, Kraft zu sagen, dass er mit Nelly mehr Gemeinsamkeiten hatte als mit seinen Kindern. Im Vorbeigehen suchte er vergeblich nach dem kleinen Panda, der vor dem Regenwetter geflüchtet war und seinen Hochsitz verlassen hatte.

»Hast du sie hinterher nach Hause gebracht?«, fragte Kraft mit einem unüberhörbaren Unterton.

»Wir haben uns am Zoo verabschiedet. Es war genau Mitternacht«, sagte Muschalik und dachte an den Blick, den Nelly ihm durch das Torgitter zugeworfen hatte.

»Wieso genau?«

»Weil ich sie noch gefragt habe, ob sie keine Angst hätte um Mitternacht im Zoo zu sein.«

»Die und Angst«, stieß Kraft hervor und kickte einen Stein vor sich her.

»Und es war Vollmond«, erinnerte sich Muschalik.

»Ach, wie romantisch.«

»Wir wollten heute schwimmen gehen.«

»Du musst verrückt sein, Lorenz. Wie kommst du nur dazu? Der Notarzt sagt, der Tod sei zwischen elf und ein Uhr nachts eingetreten, weißt du, was das heißt?«

»Nein«, sagte Muschalik bockig und beschloss, über das Gulasch in Madeira, den Spaziergang am Rhein und die Kletterpartie auf der Mauer zu schweigen. Stattdessen erzählte er von seinem wachsenden Unbehagen, von Jartmanns Andeutungen über Nellys Vergangenheit und von den dunklen Flecken auf ihrem Sommermantel in der letzten Nacht, als er sie am Nebeneingang wiedergetroffen hatte.

»Wie viel Uhr war es da?«, unterbrach ihn Kraft.

»Das weiß ich nicht genau«, Muschalik überlegte, »es kann nach eins gewesen sein.«

»Was hast du in der Zwischenzeit gemacht?«, Kraft war auf der Suche nach einem neuen Stein.

»Auf sie gewartet. Was sonst?«

»Und die Patrone gefunden. Warum hast du mich nicht sofort informiert?«

»Ich konnte nicht wissen, dass es um Leben und Tod geht«, sagte Muschalik und wurde langsam wütend.

»Aber geahnt hast du es.«

Sie hatten das Südamerika-Haus erreicht, und er stellte einen Fuß auf die erste Stufe.

»Nicht einmal das«, wehrte sich Muschalik, »es ging alles

viel zu schnell. Es war vorbei, ehe es begann. Erst vorgestern hat Jartmann zum ersten Mal Andeutungen gemacht. Normalerweise entwickeln sich solche Dinge langsamer. Ich bin wirklich am Ball geblieben. Ich war jeden Tag hier.« Er verteidigte sich und fragte sich gleichzeitig, warum er es tat. Er tat es nicht für Kraft.

Mattis schimpfte sofort los, als er Muschalik und Kraft kommen sah.

»Sie bringt einen ganzen Berufsstand in Misskredit«, fluchte er, und die Äffchen flohen kreischend, »den guten Ruf unseres Zoos und den des Grizzly dazu. Ich war über fünfzehn Jahre für die Bären verantwortlich. Es hat nicht einen einzigen Toten gegeben. Nicht einen einzigen! Es hat überhaupt noch nie einen gegeben hier in Köln. Sie wäre besser in Duisburg geblieben.« Endlich kam er näher, beruhigte sich etwas und sagte dann zu Muschalik: »Jartmann, diese oberschlaue Nervensäge, war nicht hier um ein Praktikum zu machen.«

»Wozu denn?«, fragte Muschalik.

»Er hatte etwas vor.«

»Dann müssen wir wohl dringend nach Duisburg fahren, oder?«

»Duisburg?« Mattis stutzte.

»Was hat dir Jartmann von Duisburg erzählt?«

»Ich hoffe, dass es nicht stimmt.« Mattis trat aus Versehen in einen Wassertrog und sah zu, wie das Wasser über seine Gummistiefel lief.

»Was?«

»Ich werde mich nicht an der Verbreitung von Gerüchten beteiligen. Da kannst du lange fragen«, Mattis winkte ab und rückte den Wassertrog wieder zurecht.

»Wo warst du denn gestern Nacht?«

»Zwischen elf und eins? Im Bett. Wieder im Bett. Und wieder ohne Zeugen. Ich wünschte, ich könnte dir den Namen eines Mädchens oder eines Jungen nennen.«

»Eines Jungen?«, fragte Kraft verdutzt.

»Ja«, sagte Mattis, »soll's doch geben, oder?«

Kraft brummte etwas Unverständliches.

»Aber da ist noch etwas anderes. Mit dem Grizzly stimmt was nicht. Ich war zum ersten Mal in seiner Nähe seit Nelly in Köln ist. Sie hat mich die ganze Zeit nicht an ihn herangelassen. Keinen von uns, nicht einmal die Ablösung durfte in seine Höhle, etwas stimmt nicht mit ihm. Er ist anders, ich weiß nicht, wie ich es beschreiben soll. Er ist nicht wie früher.«

Krafts Handy klingelte in seiner Hosentasche. Er holte es umständlich hervor und stellte die Verbindung her. Er nickte ein paar Mal, schaltete es wieder aus und erklärte dann: »Das war Johann, den ich in die Barbarastraße geschickt habe. Nelly war nicht dort. Die Nachbarn sagen, dass noch zwei andere Frauen in der Wohnung wohnen. Sie sind Verkäuferinnen und arbeiten im Kaufhof auf der Hohe Straße. Dort ist Johann auch gewesen. Sie sagen, sie hätten Nelly seit gestern morgen nicht mehr gesehen. Aber sie wäre wohl letzte Nacht in der Wohnung gewesen und hätte ihre Zahnbürste geholt. Wir können sie morgen früh treffen. Um neun Uhr wäre ihnen recht. Sie sagen Bescheid, wenn Nelly vorher auftaucht.«

* * *

Der Zoodirektor erwartete Muschalik und Kraft in seinem Büro. Er hatte mehrmals versucht, Nelly telefonisch in ihrer Wohnung zu erreichen. Aber es hatte niemand abgehoben.

»Sie wohnt zusammen mit Sabine Vordermeier und noch einer Frau, deren Namen ich wieder vergessen habe«, erklärte er, während er noch einmal vergeblich die Nummer wählte.

»Geben Sie uns bitte auch die Anschrift von Jartmanns Eltern, wir müssen sie natürlich persönlich informieren«, sagte Muschalik.

»Jartmanns wohnen in Hürth.« Professor Nogge legte den Hörer wieder auf, schrieb Straße und Hausnummer auf einen Zettel und seufzte. »Ich fühle mich mitschuldig.«

»Das verstehe ich, aber das sind Sie nicht«, sagte Kraft, »lassen Sie uns lieber über Fakten reden.«

»Vielleicht haben Sie Recht, Herr Kraft. Ich sollte Sie im Zusammenhang mit Nelly über einige Details informieren. Möglicherweise haben sie irgendetwas mit dem Geschehenen zu tun.«

Muschalik und Kraft setzten sich auf die beiden Besucherstühle ihm gegenüber.

»Als unser Grizzly Jonny erkrankte, haben wir uns Nelly vom Duisburger Zoo ausgeliehen. Nachdem sie ihn gesund gepflegt hatte, versuchten wir einen Weg zu finden, sie hier in Köln zu behalten. Sie war eine Kapazität«, er verbesserte sich, »sie ist es noch. Zufällig zeigten die Duisburger etwa zur gleichen Zeit großes Interesse an unserer jungen Elefantenkuh Jolanda. Und von Nelly hatten wir den Eindruck, dass sie ebenfalls nicht abgeneigt wäre, in Köln zu bleiben, solange sie weiterhin mit Bären arbeiten konnte. Das traf sich gut.«

»Hat sie das gesagt?«, wollte Muschalik wissen.

»Sie war einverstanden. Für sie sprang obendrein noch eine kleine Gehaltserhöhung dabei heraus.«

»Darf ich fragen, wie hoch sie war?

»Eine Gehaltsstufe«, überlegte Professor Nogge, »das sind circa hundert Euro, schätze ich.«

»Das sind netto ja höchstens sechzig Euro«, rechnete Kraft aus und rutschte auf die Stuhlkante, »für sechzig Euro soll sie Duisburg verlassen haben? Vielleicht blieb sie wegen der Anerkennung.«

»Das kann ich mir nicht vorstellen«, sagte Muschalik und dachte, jeder andere würde das tun, aber nicht Nelly, an Anerkennung lag ihr sicher nichts.

»Jedenfalls blieb sie«, fuhr Professor Nogge fort, »und die Elefantenkuh Jolanda wechselte mit großem Aufwand von unserem Zoo nach Duisburg. Ein Kranwagen, ein Schwertransporter, eine Polizei-Eskorte. Und die unvermeidliche Presse gestaltete den nächtlichen Transfer zu einem Medienereignis ohnegleichen. Die Bevölkerung nahm großen Anteil. Haben Sie nichts darüber gelesen? Es war erst im Februar.«

Muschalik erinnerte sich. Er hatte sich damals gefragt, ob wohl jemand daran gedacht hatte, die Kölner Elefantenkuh zu fragen, ob sie sich vorstellen könne, ein Verhältnis mit einem Duisburger anzufangen.

»Eine typisch kölsche Lösung?«, fragte Kraft und warf Muschalik einen Blick zu.

»Absolut nicht«, entgegnete Professor Nogge, »das ist international übliche Praxis und beruht auf den Arten-Schwerpunkten, die jeder Zoo pflegt. Wir legen heute in den Zoos mehr Wert auf Zucht und Erhaltung einer Art als auf die Belustigung der Besucher. Der Zoo ist oft der letzte Zufluchtsort für bedrohte Tierarten. Leider. Und unsere Aufgabe ist es, ihnen das Leben dort lebenswert zu machen, nur dann wird es Nachwuchs geben.«

Kraft wippte mit dem Stuhl und beugte sich vor: »Tiger gegen Löwe, Nashorn gegen Giraffe, ja, das verstehe ich, obwohl ich mich frage, was die Tiere davon halten.«

»Es wird nicht immer nur getauscht, es wird auch verschenkt. Nehmen Sie zum Beispiel die Eisbären«, sagte Professor Nogge, »die letzte Eisbärin ist in die Niederlande nach Rhenen umgesiedelt worden, weil unsere Eisbäranlage nach den neuesten Erkenntnissen nicht mehr optimal war, obwohl sie nach dem Krieg einmal viel Beachtung in der Fachwelt fand. Oder denken Sie an die Hirschkängurus. Nachdem das letzte Männchen gestorben war, haben wir das verbliebene Weibchen nach England geschickt, in den einzigen anderen Zoo Europas, der diese Art hält.«

»Aber kann man einen Elefanten gegen einen Menschen tauschen?«, beharrte Kraft.

»Natürlich nicht.« Professor Nogge schüttelte den Kopf. »Das haben wir auch nicht getan. Es war ein zufälliges Zusammentreffen. Sie sehen das zu eng. Alle Beteiligten hatten einen Vorteil davon.«

»Außer dem armen Duisburger Bären, der auf seine gewohnte Pflegerin verzichten muss«, sagte Muschalik, aber weder der Kölner Zoodirektor noch Kraft konnten Mitleid für einen Duisburger Bären aufbringen.

»Welche Details gibt es denn noch über Nelly?«, fragte Kraft Professor Nogge.

»Ich kann nur das Beste über sie sagen.«

»Dass sie eine ausgezeichnete Bärenpflegerin ist«, fiel Kraft ihm ins Wort, »das hat sich herumgesprochen.«

»Sie ist mehr«, unterbrach Professor Nogge ihn sofort, »ohne übertreiben zu wollen, für mich hat sie eine Art ...«, er sah aus dem Fenster und suchte nach dem passenden Wort, »... sie hat eine ganz spezielle Beziehung zu Bären entwickelt, die über das Normale hinausgeht. Wissen Sie, es gibt Geschichten über Menschen, die bei wilden Tieren aufwuchsen und mit ihnen lebten und sich mit den Jahren ähnlich verhielten wie sie. Ich muss immer daran denken, wenn ich Nelly sehe. An eine Art Verwandtschaft.«

»Eine Verwandtschaft«, wiederholte Muschalik und vertiefte sich in den Gedanken.

Es entstand eine seltsame Pause im Büro des Zoodirektors, während der Kraft ratlos von einem zum anderen sah.

»Vielleicht war es auch umgekehrt«, sagte Muschalik endlich leise.

Professor Nogge und Kraft musterten ihn skeptisch.

»Vielleicht fühlt sie sich zu Bären hingezogen, weil sie glaubt, mit ihnen etwas gemeinsam zu haben.«

»Ja, wir können nur spekulieren. Kein anderes Tier hat die Phantasie der Menschen so stark bewegt, wie der Bär«, der Zoodirektor geriet ins Schwärmen, »der Bär ist das beliebteste Tier überhaupt. Er ist Held vieler Filme und Kinderträume. Sind Sie nicht mit einem Teddybären aufgewachsen?«

»Doch«, gab Kraft zu, und Muschalik nickte.

»Jeder von uns ist das.«

»Und nicht zu vergessen die Gummibären«, sagte Kraft, sichtlich stolz auf seine Assoziation.

»Ja, selbst die Gummibären«, stimmte Professor Nogge zu und fuhr fort, »der Bär ist in vielen Städtewappen das Symbol, Deutschland war einmal Bärenland. Kaum zu glauben, aber wahr. Heute ist er dagegen vor allem das Opfer der Jagd. Sonntagsjäger buchen Jagdreisen, schießen Naturschutzgebiete vollständig bärenfrei, nach dem Motto: Nur ein toter Bär ist ein guter Bär. Aber noch gibt es sie, und es werden sogar langsam wieder mehr. Dank großer Schutzprojekte sind zum Beispiel in Österreich zwanzig Bären eingewandert. Es ist nur eine Frage der Zeit, bis der erste Bär es wagt, wieder über deutsche Grenzen zu gehen.«

»Und dann?« Kraft sah verängstigt aus.

»Keine Sorge, er ist keine Gefahr für Menschen. Er wird ein paar Bienenstöcke plündern, aber das sollte es uns doch wert sein.«

Eine wunderbare Vorstellung, dachte Muschalik, wenn es wieder Bären in Deutschland geben würde. Frei lebende Bären, die niemand schießt und fängt, nicht für den Zirkus, nicht für den Zoo.

»Wie hat sich Nelly hier eingelebt?«, hörte er Kraft weiterfragen.

»Gut, würde ich sagen«, berichtete Professor Nogge, »sie macht ihre Arbeit, und die macht sie sehr gut, ansonsten ist sie an ihren Kollegen nicht besonders interessiert. Auch die Kollegen in Duisburg haben sie übrigens nur gelobt. Ihr Zeugnis ist einwandfrei.«

»Gewähren Sie uns einen Blick in ihre Personalunterlagen?«, fragte Kraft.

»Aber sicher.«

Aus Nellys Personalunterlagen, die auf dem Schreibtisch bereit lagen, erfuhren sie die üblichen Dinge, Alter, Geburtsdatum und Geburtsort, die Religionszugehörigkeit und die Steuerklasse.

»Nelly ist also ledig«, sagte Muschalik.

»Ja, das ist sie. Sie lebt allein, wenn man von ihren Mitbewohnerinnen einmal absieht.« Professor Nogge ordnete Nellys Unterlagen sorgsam, legte sie beiseite und sagte gedankenverloren: »Seit 1981 leite ich diesen Zoo. Wir haben keinen einzigen tödlichen Unfall zu verzeichnen. Und jetzt passieren zwei Todesfälle innerhalb von kurzer Zeit. Wie ist das nur möglich?« Aber er schien keine Antwort zu erwarten, denn sein Blick wanderte wieder zum Fenster.

Als Muschalik und Kraft wieder vor dem Verwaltungsgebäude standen, besprachen sie kurz ihre Vorgehensweise.

»Gut, dass wir die neuen Computer haben«, sagte Kraft, »ich werde im Präsidium mal sehen, ob sie irgendetwas über Nelly wissen.«

»Genau. Frag deinen großen Bruder. Danach wirst du nach Hürth fahren und Jartmanns Eltern die Todesbotschaft überbringen.«

»Feigling«, brummte Kraft.

»Ja, ich weiß. Ach, und noch was, schick ein paar Leute in die Häuser in den umliegenden Straßen. Irgendeiner muss doch was gesehen oder gehört haben. In der Stammheimer Straße 84 wohnt eine Frau Heimbach. Da geh ich selbst hin. Wir sehen uns dann im Präsidium.«

* * *

Mühsam erklomm Muschalik die Stockwerke bis ins Dachgeschoss, aber in der Tür stand nicht Frau Heimbach, sondern ein Mann. Ein drahtiger Mann in den Vierzigern. Muschalik stellte sich vor und fragte nach Frau Heimbach.

»Da haben Sie Pech, sie ist im Krankenhaus, es geht ihr nicht besonders gut.«

»Dann sind Sie wohl der Pfleger?«

»Ja, ich bin der Krankenpfleger. Mein Name ist Berger, Thomas Berger. Ich habe Frau Heimbach versprochen, in der Zwischenzeit nach dem Rechten zu sehen. Ich komme einmal am Tag für ein paar Minuten her, leere den Briefkasten und gieße die Blumen. Ich wohne in der Nähe. Kommen Sie nur herein.«

Berger führte ihn in die Wohnküche. Muschalik stellte sich ans Fenster sah durch die Gardinen.

»Ein schöner Ausblick, nicht wahr?«, fragte Berger. »Deswegen wohnt Frau Heimbach wohl auch hier.«

»Darf ich die Gardinen beiseite ziehen?«

»Warum?«, fragte Berger erstaunt.

»Ich würde gern einmal einen freien Blick haben.«

»Nur zu.«

Muschalik zog die Gardine auf. »Was haben wir denn da?«, fragte er und griff nach einem Fernglas, das zwischen den Blumen auf der Fensterbank stand. Er hob es vor die Augen und sagte: »Volle Sicht auf die Bärenanlage.«

Über die große Freisichtanlage der Geparden hinweg, die mit ihren Hügeln, Sandflächen, Findlingen und Gebüschen an eine Savannenlandschaft erinnerte, konnte er ungehindert in das Reich des Grizzly blicken.

»Frau Heimbach kann ihre Wohnung nicht mehr verlassen, darum sitzt sie oft hier und genießt den Ausblick«, sagte Berger.

Muschalik konnte sich nicht erinnern, bei seinem letzten Besuch ein Fernglas auf der Fensterbank gesehen zu haben.

»Seit wann ist sie im Krankenhaus?«, fragte er.

»Seit über einer Woche schon, es sieht nicht gut aus.«

»Das tut mir Leid.«

»Danke. Vielleicht kommt sie doch noch einmal wieder.«

»Das hoffe ich.«

Muschalik erzählte Berger vom Mord in der Bären-Anlage in der letzten Nacht.

»Wie grausam«, sagte Berger entsetzt, »erschossen wurde der Mann, sagen Sie?«

»Ja.«

»Die erste Geschichte war ein Unfall, nicht wahr?«

Muschalik zuckte mit den Schultern.

»Es stand in der Zeitung.«

»Ich brauche Sie wohl nicht fragen, ob sie heute Nacht etwas gesehen oder gehört haben?«, fragte Muschalik.

»Nein, wie gesagt, ich bin ja immer nur kurz hier, und das tagsüber. Aber jetzt, da Sie es sagen, fällt mir etwas ein. Ich will niemanden verleumden. Aber genau hier unter dieser

Wohnung wohnt eine Art Waffennarr. Frau Heimbach hat von ihm gesprochen. Sie hatte Angst vor ihm.«

»Aha«, sagte Muschalik und horchte auf. »Dann werde ich dem Herrn mal einen Besuch abstatten. Grüßen Sie Frau Heimbach von mir.«

Muschalik verabschiedete sich und klingelte eine Etage tiefer. Aber niemand öffnete ihm. Er notierte sich den Namen. M. Liebinger.

* * *

»Kai ist in der Gerichtsmedizin«, sagte ein Kollege, als Muschalik den Kopf durch die Tür steckte. Muschalik machte sich also auf den Weg in den Keller. Es war kalt und still hier unten. Er fragte sich, wie der Gerichtsmediziner Theo Fürbringer hier sein Leben verbringen konnte.

Kai und Theo saßen in der kleinen Teeküche auf der Arbeitsplatte. Theo hatte die Ohrstöpsel seines Walkman herausgezogen und spielte damit herum, während Kai auf ihn einredete. Kai nahm niemals Rücksicht auf Theos Bedürfnis, allein zu sein. Kai nahm überhaupt auf nichts Rücksicht.

Er wunderte sich, dass Muschalik auftauchte. »Bist du nicht im Vorruhestand?«

»Später«, winkte Muschalik ab, »was habt ihr herausgefunden?«

»Die Patrone, die Theo eben aus dem Toten herausgezogen hat, hat das gleiche Kaliber, wie die, die du gefunden hast.«

Theo hatte wieder die Kopfhörer aufgesetzt und nickte im Takt zu seiner Musik, die so laut aufgedreht war, dass Muschalik hören konnte, dass er sich wieder Edvard Grieg zu Gemüte führte. Peer Gynt. Theo hielt die Augen geschlossen.

»7,62 mm mal 51 mm«, ergänzte Kai, »eine so genannte NATO-Patrone, die zum Beispiel aus einem G 3 abgefeuert wird. Ein Gewehr, das in der Bundeswehr benutzt wird. Die Wiekung dieser Patrone ist enorm, sie kann einen Infanteriehelm in 1.200 Meter Entfernung durchschlagen. Beide Patronen haben die gleichen Kratzer, die beim Austritt aus dem Gewehr entstehen. Das heißt, sie stammen höchst wahrscheinlich aus ein und demselben Gewehr.«

»Kann man auf dieses G 3 ein Zielfernrohr aufsetzen oder einen Schalldämpfer?«, fragte Muschalik und dachte an den Waffennarr, der unter Frau Heimbach wohnte.

»Selbstverständlich. Man kann alles.«

»Danke.«

Muschalik klopfte Theo auf die Schulter. Der zuckte zusammen, nahm die Kopfhörer ab und ließ die Musik weiterlaufen.

»Die Kollegen haben Schleifspuren, Bärentapsen und Blutspuren gefunden, auch außerhalb des Geheges. Alles spricht für einen Kampf. Das Blut stammt wahrscheinlich von Jartmann, aber das wissen wir noch nicht genau, es wird noch untersucht. Außerdem hatte der Tote Würgemale am Hals. Keine tödlichen, aber doch Würgemale, von sehr großen Händen«, zählte Theo auf, und man konnte ihm keine Regung ansehen.

»Oder von Bärentatzen?«, fragte Kai.

»Hände, sagte ich.«

Kai spekulierte: »Mein Gott, wenn es diese Frau war, ist sie eiskalt. Erst hat sie Jartmann versucht zu erwürgen, als es nicht klappen wollte, hat sie den Bär zu Hilfe gerufen und als der sich nicht über ihn hermachen wollte, hat sie ihn erschossen. Sicher ist sicher.«

»Letzteres wäre zumindest ungewöhnlich. Frauen benutzen selten Gewehre«, gab Theo zu bedenken und setzte die Kopfhörer wieder auf.

»Sie *ist* eine ungewöhnliche Frau«, sagte Muschalik und erschrak über seine eigenen Worte.

11. Kapitel

Sie hatte die Kontrolle verloren.
Er sollte still ist sein, aufhören von Duisburg zu reden, von früher, von Ben Krämer. Er sollte nur nie wieder etwas sagen.

Wieder war sie weggelaufen, wie in Duisburg, wie nach dem Tod des Fotografen. Wieder saß sie am Ufer und hoffte, dass die Nähe des Wassers sie beruhigen konnte.

Sie hatte danach nur kurz in ihrer Wohnung einen Pullover und die Zahnbürste geholt. Sabine und Christine hatten sie nicht bemerkt. Die Wohnungsschlüssel hatte sie zurückgelassen, sie brauchte sie nicht mehr. Sie konnte nicht wiederkommen.

Viel zu viele Gedanken waren an ihr vorbeigerauscht, wie eine hohe Welle, in dem kurzen Moment der Entscheidung. Wenn sie Zeit gehabt hätte zu überlegen, wäre ihr vielleicht etwas eingefallen, aber Zeit hatte sie keine gehabt.

Dann hatte er plötzlich in der Bärenanlage gelegen, wie der Fotograf. Und sie konnte sich nicht erinnern, wie er dorthin gekommen war. Sie musste ihn hineingeworfen haben. Der Bär hatte unten auf der Lauer gelegen und sich auf ihn gestürzt. Und sie ... war weggelaufen.

Er war Kommissar. Er würde seine Schlüsse ziehen. Er würde auf sie kommen, auf sie – als Täterin. Sie hatte die Fährte selbst gelegt, auf dem Schiff von Duisburg gesprochen, von Jartmanns Andeutungen, und dann die Begegnung am Nebeneingang. Er hatte auf sie gewartet. Er hatte Löcher in seinen Hosenbeinen gehabt. Was würde er jetzt von ihr denken? Sie wollte ihn nicht wiedersehen, nicht sein enttäuschtes Gesicht. Er musste von ihr enttäuscht sein.

Das Schiff.

Wenn die Angst zu groß wurde, dachte sie an das Schiff. Wie es sich angefühlt hatte, das Wasser unter ihr, das

Vibrieren des Motors, das leichte Schaukeln der Wellen. Leider hatte das Schiff gedreht, als endlich alle Brücken hinter ihnen lagen und sie gehofft hatte, jetzt ginge die Fahrt erst richtig los. Und an die Rückfahrt dachte sie, er und sie allein an Deck, sonst hätte sie nicht gewagt ihn zu fragen. Er wollte, dass es ihr gut ging. Wollte er das wirklich?

Sie suchte in den Manteltaschen und fand nichts. Sie hatte die Fotos vergessen, in dem Glauben, dass sie im Mantel steckten, wie immer. Aber sie hatte sie wegen der Schiffstour herausgenommen. Sie sollten nicht durch Zufall herausfallen. Dann hätte er sie gesehen.

Das Halstuch lag noch im Bärengehege. Bald würde sie zu ihm gehen können, noch nicht. Sie vermisste ihn.

Sie blieb am Ufer, rollte sich hinter einem der Büsche zusammen und versuchte zu schlafen. Der Boden war feucht und modrig. Es regnete immer noch. Ratten huschten über ihre Füße, Grasbüschel bewegten sich. Sie legte sich auf die linke Seite, ihre Augen fast in Höhe der Wellen, dazu der Regen, so war das andere Ufer nicht mehr zu erkennen, als ob das Wasser nie aufhören würde, als wäre es das Meer.

Sie sah hinüber zu den Schafen, die auch nicht schlafen konnten und unruhig mit ihrer Herde hin und her wanderten.

Der Vollmond, von dem Muschalik gesprochen hatte, war hinter den Wolken verschwunden, nur seine bläulichen Umrisse waren noch zu erkennen.

Sie zog den Sommermantel aus und rollte ihn zusammen, streifte den dunklen Pullover über und legte den Sommermantel wie ein Kissen unter ihren Kopf.

Der Pullover war olivgrün, niemand würde sie sehen.

Sie würde hier bleiben, tagsüber hier, versteckt zwischen den Büschen, nachts würde sie zu ihm gehen.

Bis man sie finden würde.

12. Kapitel

Muschalik ging in Gedanken am nächsten Morgen am Kinderkrankenhaus vorbei über die Amsterdamer Straße zu Fuß zur Barbarastraße. Er hatte schlecht geschlafen, an den Spaziergang mit Nelly gedacht, die Schiffstour und die wenigen Gespräche, die sie vor Jartmanns Tod miteinander geführt hatten. Er konnte sich keinen Reim auf das machen, was passiert war, und hatte sich im Bett hin und her gewälzt. Im Halbschlaf patrouillierte nicht Nelly am Bärengehege, sondern die Malerin in ihren bunten Tüchern. Zum Schluss war er aufgestanden, nass geschwitzt, und hatte sich unter die Dusche gestellt. Danach war er erst recht hellwach gewesen und hatte am Küchentisch auf den Morgen gewartet.

Kurz nach neun stand er endlich vor Nellys Haus und wunderte sich, dass Krafts Auto nicht am Straßenrand parkte. An der Klingel standen drei Namen: Sabine Vordermeier, Nelly Luxem und Christine Tuch.

Kraft öffnete ihm.

»Bist du auch zu Fuß?«, fragte Muschalik.

»Ja und nein.«

Und er erzählte, dass ihn sein Auto auf halber Strecke im Stich gelassen hätte und jetzt auf der Neusser Straße kurz hinter dem Ebertplatz stünde. Vom Ebertplatz aus wäre er mit der KVB weitergefahren.

Die Wohngemeinschaft residierte in einer großzügigen Vier-Zimmer-Wohnung, von der man einen Blick auf das Bundesverwaltungsamt hatte. Muschalik war überrascht, dass die beiden Mitbewohnerinnen im Gegensatz zu Nelly höchstens Anfang zwanzig waren. Sie hatten sich im Kaufhof kennen gelernt, sie waren Verkäuferinnen in der Parfümerie-Abteilung.

»Seltsamerweise hat Nelly ihre Wohnungsschlüssel nicht mitgenommen, sondern in der Diele liegen lassen«, sagte Sabine.

Muschalik hakte nach: »Das heißt, sie kann nicht in die Wohnung, wenn Sie nicht da sind?«

»Nein, kann sie nicht.«

»Woher kennen Sie Nelly eigentlich?«

»Wir hatten noch ein Zimmer frei und haben im Januar inseriert. Nelly war die Erste, die sich gemeldet hatte. Wir haben uns gleich für sie entschieden, weil sie einen so interessanten Beruf hat.«

»Wir dachten, sie würde uns viel erzählen können«, ergänzte Christine Tuch, »bei uns beiden passiert nicht viel, wissen Sie. Höchstens mal eine nervende Kundin, mal ein Ladendiebstahl, mal ein Sonderangebot.«

»Was erzählt sie denn?«, wollte Muschalik wissen.

»Nichts.«

»Nichts von selbst«, verbesserte Sabine sie, »wir müssen ihr schon alles aus der Nase ziehen, wenn wir etwas wissen wollen. Zum Beispiel, wenn wir von einer Geburt im Zoo gehört haben, oder als der Regenwald eröffnet worden ist.«

»Dann hat sie sicher auch von der Geburt der beiden Malaienbären gesprochen?«

»Nein.« Sabine und Christine schüttelten die Köpfe.

»Vom Umzug der Eisbärin in die Niederlande?

»Auch nicht.«

»Aber sicher vom Kauf der drei Auerochsen?«

»Nein. Sie kennen sich aber gut aus«, sagte Christine verwundert.

»Na ja«, gab Muschalik zu, »ein bisschen.«

»Er rennt jeden Tag in den Zoo«, klärte Kraft sie auf, »er hat ja sonst nichts zu tun. Er ist eigentlich im Vorruhestand. Und stirbt vor Langeweile, deswegen ist er auch hier. Es müsste nicht sein.«

Die Rache des Olaf Kraft, dachte Muschalik. Er hatte seine karierte Schirmmütze in der Hand und war sicher, dass Christine und Sabine das gleiche Parfum benutzten. Es war viel zu dick aufgetragen, seine Nase juckte. Kraft hingegen ließ sich von dem Duft betören und war ganz angetan von den beiden jungen Frauen. Mit seinen dunkelbraunen Augen nahm er abwechselnd Sabine und Christine ins Visier.

Muschalik räusperte sich. »Wie wäre es, wenn Sie uns jetzt Nellys Zimmer zeigen würden?«

»Ach ja«, sagte Sabine und ließ ihre Augen auf Kraft ruhen.

Christine schließlich erbarmte sich und führte Muschalik von der bunten Diele in eine Wohnküche, von der aus drei Türen in die so genannten »Eigenbereiche« führten, wie sie sagte. Entweder handelte es sich um eine sehr ordentliche Wohngemeinschaft oder die beiden Damen hatten sich auf den Besuch der Polizei vorbereitet. Um einen großen runden Glastisch standen fünf unterschiedliche Sessel, Sammlerstücke, die jeweils mit einem Kissen ausgestattet waren. Die Kissen hatten alle in der Mitte einen Knick. Auf dem Glastisch lagen Zeitungen ausgebreitet.

»Das ist unser Treffpunkt«, erklärte Christine, »wenn wir genug voneinander haben, ziehen wir uns in unsere Zimmer zurück.«

In der Spüle unter dem Fenster stand kein schmutziges Geschirr. Es roch nicht nach Essen, keine leere Flaschen, keine vollen Aschenbecher. An den drei Türen zu den »Eigenbereichen« klebten Namensschilder. Die mittlere Tür führte zu Nellys Zimmer. Muschalik wollte sie öffnen, aber sie war verschlossen.

»Moment, ich hole den Schlüssel«, sagte Christine und lief in die Diele, »wir dürfen die Zimmer der anderen nur im

Notfall in ihrer Abwesenheit betreten. Das ist doch ein Notfall, oder?«

»Ja«, sagte Muschalik und wunderte sich über die strengen Regeln und darüber, dass sein Kollege noch mit Sabine in der Diele stand.

Christine kam mit einem Schlüsselbund zurück.

Das Zimmer lag wie eine Höhle im Halbdunkel, die Rollladen waren auf Luke heruntergelassen, das Licht, das Muschalik anknipste, ging von einer nackten Birne an der Decke aus.

»Nellys Zimmer ist das kleinste«, sagte Christine, »sie hat gesagt, es macht ihr nichts aus. Sie wäre nur selten da.«

Ein gemachtes, glatt gezogenes Bett, ein zweitüriger Schrank und eine Kommode, ein leerer Tisch und ein Stuhl, kein Bild an der Wand, keine Blume am Fenster.

»Sie wollte nicht lange bleiben«, sagte Christine, »eigentlich nur für einen Monat, aber dann ist sie doch geblieben. Sie sagte, dass sie ihre Sachen irgendwann aus Duisburg nachkommen lassen würde. Aber dazu kam sie bis jetzt nicht.«

»Fehlt denn hier etwas?«

»Es gibt hier nicht viel, wie Sie sehen.«

Muschalik warf einen Blick in den Schrank, der fast leer war, bis auf ein paar dicke Winterpullover und eine wattierte Jacke. Dann stieß er in der Kommode auf eine Schublade voller vergilbter Fotos von Bären, Tanzbären, Zirkusbären, Bären mit einem Ring in der Nase und an einer langen Kette, Bären in Verließen und viel zu engen Käfigen. Einsame Bären mit traurigen Augen, gequälte und misshandelte Bären. Bären, denen man die Tatzen abgehackt hatte. Muschalik legte die Fotos zurück, noch bevor er alle angesehen hatte, und schob die Schublade wieder zu. Von diesen Fotos bis zu Ben Krämers Kunstwerken war ein weiter Weg oder vielmehr eine unüberbrückbare Kluft. Doch dann öffnete er die Schublade ein zweites Mal, nahm die Fotos heraus und steckte sie in die Innentasche seines karierten Blousons. Christine beobachtete ihn dabei.

»Haben Sie schon mal zusammen etwas unternommen?«, fragte er sie.

»Nein. Nie«, sagte Christine und schüttelte den Kopf, »sie geht manchmal spazieren, aber wir wissen nicht wohin. Auch nachts. Sie will nicht, dass wir mitgehen.«

»Hatte sie schon mal Besuch?«, fragte Muschalik, schob die Gardine beiseite und sah auf die Straße hinunter.

»Nein. Sie kennt niemanden in Köln, sagt sie.«

»Männerbesuch?«, fragte er weiter und drehte sich wieder zu Christine um.

»Auch nicht«, sie sah verlegen zu Boden.

»Hat sie häufig von früher gesprochen? Von ihrer Zeit in Duisburg?«

»Nein. Sie war so ... so verschlossen.« Christine hob hilflos die Hände.

Muschalik warf einen letzten Blick auf das unberührte Bett. »Haben Sie eine Idee, wohin sie gegangen sein könnte?«

»Zurück nach Duisburg?«, rätselte Christine. »Vielleicht hatte sie Heimweh.«

Im Flur hörte Muschalik, wie Sabine sagte: »Sie hatte ihre Türe abgeschlossen, das tut sie sonst nie, wenn sie da ist.«

»Wann?«, rief Muschalik dazwischen.

»An dem Morgen, an dem Ben Krämer gefunden wurde«, erklärte Kraft.

»Und sie war schon vollständig angezogen, als sie uns endlich öffnete«, ergänzte Sabine.

»Das ist sie sonst auch nie?«, fragte Muschalik.

»Nein. Sie geht immer vorher unter die Dusche.«

»Und sie hatte verschlafen«, fügte Christine hinzu, »weißt du noch, Sabine, sie wollte gar nicht wach werden. Wir haben bestimmt vier- oder fünfmal an ihre Türe geklopft. Wir wollten schon den Reserveschlüssel holen.«

Sabine nickte zur Bestätigung: »Wir dachten, es ginge ihr nicht gut oder sie wäre gar nicht da. Aber sie war nur sehr müde.«

»Was hatte sie denn an?«

»Ihre Arbeitshosen, wie immer.«

»Saubere Arbeitshosen?«

»Darauf habe ich nicht geachtet. Wir waren schon spät dran. Wir sind dann sofort zur Arbeit gefahren.«

Kraft hätte sicher gern noch weitergeplaudert, aber alle Fragen waren beantwortet, und Muschalik forderte ihn auf, sich zu verabschieden.

* * *

»Es war verdammt ordentlich in Nellys Wohnung«, sagte Kraft später, als sie einen freien Tisch in einem Eiscafé mit Blick auf das Eigelsteintor gefunden hatten, und legte die Beine übereinander, »ein Frauenhaushalt eben. Und Nellys Leben spielt sich offensichtlich nur im Zoo ab. Sie geht nie aus und hat nur ein einziges Gesprächsthema, wenn sie überhaupt spricht. Warum hat sie den Wohnungsschlüssel nur nicht mitgenommen?«

»Weil sie nicht wiederkommen wird.« Muschalik musste an die Fotos in seiner Innentasche denken. Wenn sie sie aus Duisburg mitgebracht hatte, dann mussten sie wichtig für sie sein, und sie würde sie jetzt vermissen.

Kraft verzog das Gesicht und drehte den Kopf zur Seite, als er sie ihm zeigte. »Das will ich nicht sehen«, mäkelte er, »die Welt ist so grausam.«

»Die Welt nicht«, korrigierte Muschalik ihn, »die Menschen. Kein Wunder, dass sich Nelly von ihnen abgewandt hat.«

»Und was ist mit uns?«, fragte Kraft und breitete theatralisch die Arme aus.

»Wir kämpfen.«

Kraft tröstete sich mit einem großen Schluck Cappuccino, wischte sich den Milchschaum von den Lippen und wechselte das Thema. »Ich dachte, du wolltest nach dem Gespräch mit Kai und Theo noch mal zu mir ins Büro kommen?«

»Ich war da. Aber du warst so vertieft in die Arbeit am Computer, dass ich nicht stören wollte. Hast du etwas gefunden?«

»Nein. Nelly Luxem ist ein unbeschriebenes Blatt.«

»Das ist schön«, sagte Muschalik und lehnte sich zufrieden zurück. Er hatte nichts anderes erwartet.

Drei kleine Jungen benutzten derweil das Eigelsteintor als Fußballtor. In der Jazz-Schule, die in den ehrwürdigen Gemäuern der Burg untergebracht war, übte ein Trommler gnadenlos, und ein Mädchen mit Kopftuch rollte unsicher auf Skates in Richtung Gereonswall. Ein bescheidenes Idyll.

Muschalik berichtete Kraft von den Ergebnissen der Spurensicherung, der Ballistik und der Gerichtsmedizin und fragte, ob Kraft auch die Anwohner in der Stammheimer Straße durchforsten ließ.

»Natürlich, die Kollegen sind unterwegs. Ich habe noch nichts gehört. Scheint alles unauffällig zu sein.«

»Sag ihnen im Haus Nr. 84 wohnt ein M. Liebinger. Der soll angeblich ein Waffennarr sein. Sie sollen ihn nicht vergessen.«

»Woher weißt du das?«

»Ich kenne die alte Dame, die darüber wohnt.«

»Ich werde die Kollegen daran erinnern.«

Als ein Ehepaar sich einen Tisch weiter niederließ und kein Wort miteinander sprach, fiel Muschalik Jartmann wieder ein, und er fragte: »Wie haben Jartmanns Eltern reagiert?«

»Ich habe nur seine Mutter angetroffen. Sie war natürlich verzweifelt. Sie hat noch zwei Töchter, aber Thomas war das jüngste Kind und ihr offensichtlich das liebste. Er war wohl der Einzige, der in die Fußstapfen seines Vaters treten wollte und es auch gekonnt hätte. Jartmanns haben einen kleinen Privatzoo zu Hause. Hunde und Katzen, ein paar Papageien, einen Chinchilla, einen Hasen und ein Meerschweinchen.«

»Hast du sie gefragt, ob ihr Sohn Ben Krämer gekannt hat?«

»Ja, natürlich. Sie hatte den Namen aber noch nie gehört«, sagte Kraft und blätterte in der Eiskarte.

»Und sein Vater auch nicht?«, fragte Muschalik.

»Nein. Sie hat ihren Mann natürlich sofort in der Universität angerufen und später auch danach gefragt.«

»Schade.«

»Aber stell dir vor, in seinem Zimmer habe ich den Zeitungsausschnitt vom 20. Juni gefunden«, sagte Kraft beiläufig und winkte der Kellnerin.

»Mit dem Artikel vom Unfall?« Muschalik horchte auf.

»Ja. Sie hat erzählt, dass ihr Sohn einen Tag, nachdem der Unfall in der Zeitung gestanden hat, nach Duisburg gefahren sei. Angeblich, weil er einen Praktikumplatz suche. Aber es habe nicht geklappt. Als er zurückkam, hätte er seinen Vater bekniet, ihm einen Platz im Kölner Zoo zu beschaffen.« In fließendem Italienisch bestellte Kraft noch zwei Cappuccino und drückte der Kellnerin die beiden leeren Tassen in die Hand. Sie trug ein kurzen schwarzen Rock und lange schwarze Haare, und Kraft sah ihr lange nach.

»Wir müssen uns entscheiden, wohin wir zuerst fahren«, sagte Muschalik, »nach Wiesbaden oder nach Duisburg.«

»Wiesbaden«, sagte Kraft, »wir wissen fast nichts von Ben Krämer.«

»Weil du nicht ermittelt hast.«

»Ja, ja, ich weiß. Das war ein Fehler. Aber das konnte ich damals nicht wissen.«

»Ich bin für Duisburg.«

»Das hat doch Zeit«, sagte Kraft und winkte ab.

»Nein.«

»Kannst du nicht allein fahren? Rosa will mir morgen früh für das Wochenende die Kinder bringen. Ich möchte nicht absagen.«

»Nein.«

Kraft plante: »Nun ja, morgen ist Freitag. Wenn wir morgen doch zuerst nach Duisburg fahren, da könnte ich die Zwillinge Lise Becker ins Büro bringen. Ich möchte sie nicht am Wochenende stören. Und am Samstag könnte vielleicht deine Nachbarin Frau Kruse auf sie aufpassen, während wir in Wiesbaden sind, sie hat doch sonst nichts zu tun.«

»Heute Lise Becker, morgen Frau Kruse, übermorgen Muschalik, findest du das normal?«

»Nein. Also?«

Muschalik seufzte und sagte: »Okay«

Kraft ging es sofort besser, und als die Kellnerin mit dem Cappuccino kam, bestellte er einen Erdbeerbecher.

13. Kapitel

Die Sekretärin in der Duisburger Zooverwaltung wollte Muschalik und Kraft am Freitagmorgen nach einem Blick auf deren Ausweise bei ihrem Chef anmelden. Muschalik winkte ab und öffnete die dick gepolsterte Tür, auf der in goldenen Buchstaben *Direktor* stand.

Meier saß in einem feudalen Büro und las die Zeitung. An den Wänden hingen Urkunden in goldenen Rahmen.

»Sind Sie angemeldet?«, fragte er ohne hochzusehen.

»Allerdings.«

»Das wäre mir neu.«

»Mordkommission Köln«, sagte Kraft.

»Ach so, warum sagen Sie das nicht gleich. Nehmen Sie doch Platz.«

Meier faltete seine Zeitung zusammen und legte sie neben sich. Selbstgefällig rückte er seine perfekt sitzende Krawatte zurecht, setzte sich gerade hin und begann ohne Einleitung bei der Gemütsverfassung des Grizzly.

»Unser Grizzly Kaspar trauerte Nelly Luxem wirklich nach.«

»Sonst niemand?«, fragte Muschalik.

»Doch, wir alle natürlich«, verbesserte Meier sich rasch, »wir haben sie nicht gerne ziehen lassen. Es war ihre ganz persönliche Entscheidung.«

»Warum ist sie denn gegangen?«

»Keine Ahnung. Das Privatleben meiner Mitarbeiter ist für mich tabu.« Ein herablassendes Lächeln begleitete seine Sätze.

»Und von einer Gehaltserhöhung wissen Sie wahrscheinlich auch nichts?«, fragte Muschalik weiter.

Meier wunderte sich kurz: »Was für eine Gehaltserhöhung? Wollen Sie damit sagen, dass die Kölner sie mit einer Gehaltserhöhung gelockt haben? Ich wusste bis jetzt nicht, was sie ihr versprochen haben, aber ich habe mir schon so etwas Ähnliches gedacht. Typisch kölsch.«

»Haben Sie nicht versucht, Nelly hier zu behalten?«

»Nein. Reisende soll man nicht aufhalten, einer meiner Grundsätze«, verkündete Meier und faltete die Hände über dem Bauch.

»So genannte Spitzenkräfte lösen unter Kollegen oft Neid aus, nicht wahr?«, mischte sich Kraft ein.

»Nicht Nelly. Das war nicht ihre Art. Sie war sehr zurückhaltend. Sie hat sich nie aufgespielt. Sie war eher eine Einzelgängerin, würde ich sagen.«

»Heutzutage nennt man das *nicht teamfähig,* nicht wahr?«

»Zurück zu Kaspar«, lenkte Meier ab und begab sich auf sicheres Terrain, »von einem auf den anderen Tag, praktisch über Nacht, war er aber wieder fit wie ein Turnschuh. Dafür hatte er plötzlich eine ganz neue Marotte: Er fraß keinen Honig mehr. Er tut es heute noch nicht. Und seit diesem Tag hört er auch nicht mehr auf seinen Namen. Er ist wie ausgewechselt.«

Als Muschalik ihn sagen hörte *ausgewechselt,* fiel bei ihm der Groschen, und er saß da wie vom Blitz getroffen. Meier musste es ihm angemerkt haben, denn er fragte besorgt: »Was haben Sie denn? Habe ich etwas Falsches gesagt?«

Auch Kraft schien nicht zu verstehen, er verzog das Gesicht und zuckte mit den Schultern.

»Nein. Nein ... es wird eine Art Lagerkoller sein«, diagnostizierte Muschalik, der Zookenner, irritiert.

»Ja, die Gefangenschaft setzt ihnen doch zu. Mehr als man denkt.«

»Seit welchem Tag ist er denn wie *ausgewechselt*?«

Muschalik sprach das Wort vorsichtig aus, als könnte er kaum fassen, dass er es endlich gefunden hatte.

»Da müsste ich in seinem Pflegebuch nachsehen«, sagte Meier.

»Würden Sie das tun?«

»Moment bitte.«

»Lassen Sie sich Zeit.«

Muschalik gab Kraft ein Zeichen, Meier zu folgen. Er blieb gern für ein paar Minuten allein zurück, um seinen angefangenen Gedanken zu Ende bringen zu können. Ein abenteuerlicher Gedanke, der ihn in eine neue Richtung führte und zu einem Ziel, das er noch nicht recht kannte.

»Seit dem 19. Juli«, sagte Meier, als er zurückkam und sich wieder hinsetzte. Kraft blieb vor einer Urkunde in einem goldenen Rahmen stehen.

»Das mit dem Honig und seinem Namen ist ja nicht weiter schlimm«, beteuerte Meier, »wir sind froh, dass er über den Trennungsschmerz hinweg ist, das ist doch die Hauptsache.«

»Wo finden wir ihn?«, fragte Muschalik.

»Ich werde mitkommen.«

»Das ist nicht nötig. Sagen Sie uns nur, wo die Bärenanlage ist.«

* * *

Der Duisburger Grizzly drehte über den Felsen seine Runde. Plötzlich blieb er stehen, ging drei unbeholfene Schritte rückwärts und begann seine Flanke heftig an einem Baumstamm zu reiben, dabei grunzte er voller Wohlbehagen. Kaspars Fell hatte den gleichen mittelbraunen, fast ockerfarbenen Ton wie das Fell des Kölner Grizzly Jonny. Muschalik sah sich um und schrie plötzlich aus voller Kehle hinunter: »Jonny!«

»Warum brüllst du so?«, fragte Kraft erschrocken.

»Bären hören schlecht.«

Der Grizzly blieb abrupt stehen, stellte seinen kleinen Ohren auf und versuchte die Stimme zu orten.

»Jonny, Jonny!« Muschalik brüllte wieder seinen Namen.

Der Grizzly sah hoch und verzog die lange Nase.

»Warum rufst du ihn Jonny, wenn er doch Kaspar heißt?«, fragte Kraft verwirrt.

Muschalik brüllte und winkte, sprang auf und ab und tanzte am Gitter entlang.

»Und warum tanzt du hier herum?«

»Bären sehen schlecht.«

Endlich entdeckte der Grizzly ihn, einen kleinen Kopf, unerreichbar am Ende seines Reviers, der seinen Namen rief. Und er schien sich zu wundern. Und wenn Grizzlys sich wundern, dann stellen sie sich auf. Und Jonny stellte sich auf seine Hinterbeine und antwortete grollend.

Ein wachsamer Tierpfleger wurde ebenfalls durch den Lärm aufmerksam. Er kam zum Bärengehege gelaufen und sagte: »Er heißt Kaspar, wie Sie dort drüben auf dem Schild nachlesen könnten, wenn Sie sich die Mühe machen würden. Wie kommen Sie darauf, ihn Jonny zu rufen?« Er sah hinunter auf den aufgerichteten Grizzly und schüttelte den Kopf. »Sie machen ihn ganz konfus. Ich hab ja schon viel erlebt und bin einiges gewöhnt, was Zoobesuchern so einfällt. Aber das ist ja wohl das Dümmste von allem.«

»Warum rufst du ihn Jonny, wenn er Kaspar heißt?«, fragte Kraft wieder, als sie allein waren.

»Gegenfrage: Warum hört er auf Jonny?«

Kraft zuckte mit den Achseln.

»Weil dieser Grizzly hier unten genau seit dem 19. Juli keinen Honig mehr frisst. Der 19. Juli war Ben Krämers Todestag.«

»Ja, das weiß ich auch, und?« Kraft runzelte die Stirn. Nach einer längeren Denkpause fragte er langsam: »Und der Kölner Grizzly heißt Jonny?«

»Exakt. Du denkst mit. In der Nacht, in der Ben Krämer starb, war Nelly Luxem sehr wohl im Zoo und zwar um Jonny gegen Kaspar ...«

»... zu tauschen.«

»Exakt. Sie holt sich ihren Lieblingsgrizzly nach Köln und schickt den Kölner Grizzly dafür nach Duisburg in die Wüste«, sagte Muschalik. »Sie hat Jonny in Köln eingeladen, in Duisburg aus- und dafür Kaspar eingeladen, und Kaspar in Köln wieder ausgeladen. Das macht eine Tour Köln-Duisburg und zurück.«

»Ben Krämer wurde zufällig Zeuge des Bärentausches«, spekulierte Kraft, »Thomas Jartmann hat den Tausch hier in Duisburg herausgefunden. Dafür mussten beide sterben.«

»Nein«, sagte Muschalik nur.

»Wie, nein?«

»Das kann nicht der Grund gewesen sein.«

»Also ich finde, dass sind sehr gute Motive«, sagte Kraft.

»Es muss mehr dahinterstecken. Der Tausch allein, das kann ich mir nicht vorstellen.«

»Aber ein Bärentausch ist nicht nur ein starkes Stück, sondern er spricht auch für eine sehr bedenkliche Psyche, vor allem aber ist er eindeutig illegal.«

Soweit Kraft und Muschalik bekannt war, gab es keinen Präzedenzfall.

»Wer außer einer Frau wie Nelly, deren Leben der Bär ist, käme auch auf eine solche Idee?«, fragte Kraft.

»Eigentlich könnte es doch egal sein, welcher Grizzly in welchem Zoo wohnt.«

»Nein, so einfach ist das nicht. Juristisch gesehen hat sie sich an fremdem Eigentum vergriffen.«

»Ohne einen wirtschaftlichen Vorteil davon zu haben«, konterte Muschalik.

»Aber einen emotionalen. Jedenfalls für eine Frau wie Nelly.«

»Eine Frau wie Nelly. Du wiederholst dich«, meckerte Muschalik.

»Und du bist befangen«, sagte Kraft.

Befangen sei nicht das richtige Wort, dachte Muschalik.

»Das Ganze ist unfassbar«, sagte er nach einer Weile, »wir müssen unbedingt die Gegenprobe in Köln machen. Nicht, dass Jonny uns an der Nase herumführt und wir uns schrecklich blamieren.«

»Vielleicht hört er auch auf Lorenz.« Kraft grinste. »Vielleicht mag er seinen eigenen Namen nicht mehr und steckt mitten in einer Identitätskrise.«

»Sei nicht albern. Wir müssen noch mal zu Meier, wir haben vergessen, ihn nach Jartmann zu fragen, und wir müssen unbedingt alle Unternehmen in Duisburg und in Köln anrufen, die Schwertransporte machen. Ein Grizzly passt nicht auf den Beifahrersitz eines PKW.«

»Aber in jeden Möbelwagen. Einen 7,5-Tonner kannst du mit Klasse 3 fahren. Und überall mieten.«

»Hat Nelly Luxem denn einen Führerschein?« Irgendwie konnte Muschalik sich Nelly nicht hinter einem Lenkrad und einer Windschutzscheibe vorstellen.

Der Grizzly reagierte nicht, als Kraft den Namen Lorenz in sein Revier hinunterschrie, und der Zoodirektor kannte keinen Thomas Jartmann. Es war seines Wissens vor vierzehn Tagen auch kein Zoologiestudent im Duisburger Zoo gewesen und hatte sich nach dem Grizzly oder Nelly erkundigt. Aber er schlug den beiden Polizisten vor, zur Sicherheit auch seine Mitarbeiter zu befragen, die am 21. Juli Dienst hatten. Hinter seinem Schreibtisch hing eine Tafel mit den Namen des Personals und dessen Einsatzzeiten. Er fuhr mit dem Zeigefinger die Zeilen entlang und sagte: »Sie sind heute allerdings nicht da. Sie haben frei, wenn Sie bis Sonntag Zeit haben? Sonst gebe ich Ihnen die Adressen.«

»Wir kommen wieder.«

Auf dem Rückweg nach Köln grübelte Kraft immer noch und fragte schließlich den Zookenner Muschalik: »Sehen denn alle Grizzlys gleich aus, Lorenz?«

»Höchstens für den Laien.«

»Aber wir haben es hier doch mit Spezialisten zu tun. Zoodirektoren, Bärenpflegern, Tierärzten! Alles gelehrte Leute!«

»Mattis hat etwas gemerkt. Erinnerst du dich? Soweit ich weiß, haben die Zootiere alle eingepflanzte Chips, nach denen man sie ganz genau identifizieren kann.«

»Aber niemand hat nachgeschaut«, sagte Kraft, »niemand ist auf die Idee gekommen, nach Unterschieden zu suchen, warum sollten sie auch?«

»Man sieht nur, was man weiß.«

Die Gegenprobe am frühen Abend im Kölner Zoo verlief nicht so eindeutig, sodass ihnen erhebliche Zweifel an ihrer neuen Theorie kamen, der zufolge Jonny in Wirklichkeit Kaspar war. Kaspar sah ausgesprochen verwirrt drein, was aber auch an den letzten Ereignissen liegen konnte, die über ihn hereingebrochen waren. Das Leben in Köln schien für einen Grizzly recht ungewöhnlich und vor allem abenteuerlich zu sein. Dagegen musste es in Duisburg geradezu langweilig gewesen sein.

»Wenn Kaspar Honig mag ...«, begann Muschalik.

»Ich weiß nicht, ob Honig ein Beweismittel sein kann«, erwiderte Kraft.

»Vielleicht kein entscheidendes, aber doch ein ergänzendes. Ich werde auf jeden Fall einen Honigtest machen, ehe wir es an die große Glocke hängen.« Muschalik freute sich schon auf das Experiment.

Als Kraft die Kinder bei Lise Becker abholte, erteilte er ihr den Auftrag, alle Speditionen und Autovermietungen in Köln, Duisburg und Umgebung anzurufen. Die Duisburger Zoomitarbeiter konnten sie erst am Sonntag befragen. Einer Reise nach Wiesbaden stand nun nichts mehr im Wege.

14. Kapitel

Am Samstag, dem 5. August, saß Frau Kruse mit ihrem Strickzeug und den Zwillingen in der Küche in der Florastraße und war zu allem bereit. Kraft hatte erklärt, dass er und Muschalik aus dienstlichen Gründen unterwegs seien. Der Zielort und die zu ergreifende Person dürften mit keinem Wort erwähnt werden, weil es sich um eine äußerst geheime und obendrein lebensgefährliche Angelegenheit handelte. Frau Kruse war erbleicht und hatte einige Maschen verloren.

Kraft sagte auf dem Weg nach Wiesbaden kein einziges Wort.

»Eigentlich habe ich samstags immer Putztag«, brach Muschalik endlich das Schweigen, »ich hatte heute vor, zum ersten Mal die Wohnzimmergardinen zu waschen, bisher habe ich sie immer in die Reinigung gebracht.«

»Soso«, sagte Kraft.

»Hast du schon mal Gardinen gewaschen? Hast du einen Trick?«

»Nein.«

»Betty hat sie immer eine Nacht lang in der Badewanne eingeweicht. Ein bisschen Essig wirkt Wunder, weißt du? Und sie hat die ganze Nacht das Licht im Bad angelassen.«

»Gut zu wissen«, sagte Kraft ohne Interesse.

»Natürlich muss man das Waschmittel vorher ins Wasser geben, damit es sich gut verteilt. Ich werde es mit einem Kochlöffel verrühren, bevor ich die Gardinen und den Essig dazugebe.«

»Aha.«

»Morgen hätte ich sie dann auswaschen, ausspülen und aufhängen können.«

»Ja.«

»Nass natürlich. Gardinen muss man nass aufhängen. Tropfnass, hat Betty immer gesagt. Dazu lege ich vorher eine Plastikplane auf den Teppichboden.«

»Ach, Lorenz, lass mich mit deinen Gardinen in Ruhe.«

»Da stehst du drüber, was? Dafür bist du dir zu fein?«

»Nein, das bin ich nicht, das weißt du ganz genau. Aber heute kann ich nicht über Gardinen reden.«

»Worüber denn?«

»Weiß ich nicht.«

Muschalik schwieg während einer Wegstrecke von fast zwanzig Kilometern beleidigt.

»Du kannst doch morgen auch noch Gardinen waschen, oder?«, renkte Kraft schließlich ein.

»Am Sonntag?«

»Ja, warum nicht?«

»Sonntags wäscht man keine Gardinen.«

An der letzten Autobahnraststätte vor Wiesbaden tranken sie einen Kaffee und tauschten die Plätze. Muschalik saß jetzt auf dem Beifahrersitz und ließ sich von Kraft durch Wiesbaden fahren. Dann wurde Kraft plötzlich nervös und sagte irgendetwas Undeutliches über eine Straße. Und als Muschalik nachfragte, zeigte er hinter sich und murmelte, sie wären gerade an seiner Straße vorbeigefahren, dort, wo Rosa noch immer mit den Kindern wohnte. Muschalik drehte sich um und versuchte einen Blick auf Krafts Heimat zu werfen, aber sie war schon hinter einer Wegbiegung verschwunden.

»Wiesbaden muss voller Erinnerungen für dich sein«, sagte er.

»Ja, das ist es. Hier hat alles angefangen.«

»Hoffentlich lerne ich Rosa bald kennen. Wie ist denn der neueste Stand der Dinge?«

»Ich weiß es nicht genau.«

»Gib nicht auf. Lade sie doch noch einmal für ein Wochenende ein. Zeig ihr Köln. Sag ihr, wie es dir geht.«

»Wie geht es mir denn?«

»Du kannst nicht in Ruhe arbeiten, die Kinder werden hin- und hergeschickt, du vermisst sie, du vermisst Rosa ...«

»Mit einem Wort: beschissen.«

* * *

Die Eltern von Ben Krämer wohnten am südlichen Stadtrand in einem Bauherrenmodell, ein silbergrauer BMW wachte vor einer Doppelgarage. Eine Überwachungskamera hatte alle Bewegungen unter Kontrolle.

Sie waren beide schwarz gekleidet. Frau Krämer war blass und hatte tiefe Schatten unter den Augen. Sie saß mitten auf einem großen, schwarzen Ledersofa. Links neben ihr tickte eine Standuhr die Sekunden weg.

»Sie kommen spät«, sagte Krämer vorwurfsvoll und zeigte auf zwei Sessel gegenüber.

Muschalik sah auf die Uhr. »Es ist elf. Die richtige Zeit für Antrittsbesuche.«

»Sie wissen, wie ich es meine.«

»Wir rollen den Fall Ihres Sohnes neu auf«, erklärte Kraft und setzte sich.

»Sie haben den zweiten Mord abgewartet.«

»Das haben wir nicht. Es tut uns sehr Leid, wenn Sie das glauben. Wir wünschten, wir hätten es verhindern können. Aber wir waren sicher, dass der Tod Ihres Sohnes ein Unglücksfall war. Nichts sprach für einen Mord. Aber die Dinge haben sich vielleicht geändert.«

»Ben war noch so jung«, sagte Frau Krämer mit unterkühlter Stimme und zog an ihrer Perlenkette, »er hatte noch alles vor sich.«

»Wir würden gern mehr über ihn erfahren. Hatte er eine Freundin?«, fragte Kraft sie.

»Nein, die Hoffnung auf eine Schwiegertochter hatten wir längst aufgegeben. Leider.« Krämer stellte sich hinter seine Frau und legte die Hände beschützend auf ihre Schultern und erklärte verlegen: »Ben war homosexuell.«

»Schwul?«, fragte Kraft, »na und?«

»Ich wollte nur, dass Sie es wissen. Er hat keinen Hehl daraus gemacht. Wir fanden nicht immer, dass es notwendig ist, es allen zu sagen. Das war übrigens auch ein Grund für ihn, von Wiesbaden nach Köln zu ziehen. Köln soll ja in dieser Beziehung eine recht offene Stadt sein.«

»Das ist in diesem speziellen Fall nicht unerheblich, normalerweise hat es, denke ich, keine Bedeutung«, sagte Muschalik umständlich, er hatte sich immer noch nicht gesetzt.

»Dann hatte er sicher einen Freund?«, fragte Kraft.

»Ben lebte wie gesagt in Köln. Wir kennen seine ... so genannten Freundschaften nicht«, sagte Frau Krämer.

»Hat er mal den Namen Jartmann erwähnt? Thomas Jartmann?«

»Sie meinen den Namen des anderen Toten? Nein.« Frau Krämer zog ihren schwarzen Rock glatt und sah auf ihre Fingernägel.

»Dann würden wir jetzt gern die Posthum Ausstellung sehen, von der Sie gesprochen haben«, sagte Muschalik.

»Jetzt?«, fragte sie erschrocken.

»Ja. Warum nicht? Wir kommen aus Köln. Wir möchten nicht ein zweites Mal kommen müssen, wenn es nicht unbedingt nötig ist. Was spricht dagegen?«

»Nichts. Sie ist noch nicht ganz fertig, aber mein Mann wird sie hinfahren.«

Sie gab ihrem Mann mit der Hand ein Zeichen, und er gehorchte, bot Muschalik und Kraft an, sie in seinem silbergrauen BMW mitzunehmen. Aber die beiden wollten lieber im eigenen Auto folgen, um dann von der Ausstellung aus direkt wieder nach Hause fahren zu können.

* * *

Krämer gehörte eine kleine Galerie in der Innenstadt. Die zwei Schaufenster lagen hinter Gittern und zeigten moderne Kunst. Hinter den ausgestellten Bildern verbarg ein roter Vorhang das Innere.

»Ich wäre selbst gern Maler geworden«, gestand er, als er die Tür aufschloss, »Ben hat die künstlerische Ader von mir geerbt.«

Jetzt war die Galerie die Gedenkstätte für den toten Sohn.

»Suchen Sie ein bestimmtes Foto?«, fragte er, als Muschalik und Kraft ziellos in der kleinen Ausstellung hin und her liefen. Sie erkannten einige der Fotos wieder, die sie in Ben Krämers Wohnung in Mülheim in der Augustastraße gesehen hatten, die meisten aber sahen sie zum ersten Mal.

»Komm mal her«, rief Muschalik endlich hinter einer Pappwand. »Sieh dir das an.« Er zeigte auf ein kleines, etwas verwackeltes Foto, auf dem Ben Krämer und Jartmann vor einer Holzhütte in einem Wald abgebildet waren. Auf der kleinen Veranda hinter ihnen standen zwei Rucksäcke, daneben eine geöffnete Flasche Wein. Über dem Eingang befand sich ein Schild, aber die Schrift war unscharf. Schräg fiel das Sonnenlicht durch die Baumreihen. Sie trugen beide Shorts, T-Shirt und Sandalen. Ben Krämer hatte sich von seiner Kameraausrüstung getrennt und einen Strohhut auf seine langen dunklen Haaren gesetzt. Jartmann machte Faxen und winkte ausgelassen mit einem Baguette in die Kamera. Sie hielten sich an den Hüften umschlungen und waren braun gebrannt, sie sahen glücklich aus. »Pyrenäen, im September«, stand darunter. Die Jahreszahl fehlte.

»Wer hat das Foto wohl gemacht?«

»Der Selbstauslöser?«, vermutete Muschalik und zeigte auf eine Reihe anderer Fotos, auf den jeweils nur Ben Krämer oder Jartmann zu sehen waren.

Krämer war zu ihnen gekommen.

»Das ist er«, erklärte Muschalik. »das ist Thomas Jartmann.«

Krämer war entsetzt.

»Ben hat oft von den Pyrenäen gesprochen. Sehen Sie, die anderen Fotos sind auch dort gemacht worden. Dort hat er zum ersten Mal Bären in Freiheit gesehen. Aber den Namen Jartmann hat er nie erwähnt. Wahrscheinlich haben sie sich danach aus den Augen verloren. Ben hatte wechselnde Freundschaften. Er hielt es nie lange mit einem aus. Er war sehr unstet. Schnell zu begeistern, aber genauso schnell verlor er auch wieder jedes Interesse.« Er nahm das Foto ab, reichte es Kraft und fügte hinzu: »Dann wollte dieser Jartmann wohl Bens Tod aufklären. Wenigstens einer.«

»Aber eine tödliche Absicht«, meinte Kraft, als er das Foto einsteckte.

* * *

»Jartmann war also wahrscheinlich auch schwul.«

Kraft jammerte, er hatte sich beim Einsteigen ins Auto den Kopf gestoßen und hielt sich nun mit einer Hand die linke Schläfe.

»Schnall dich an«, ermahnte Muschalik ihn, »sonst fängst du dir die nächste Beule.«

Aber Kraft schüttelte nur den Kopf: »Das Ehepaar Krämer gefällt mir überhaupt nicht.«

»Jeder geht mit dem Verlust eines Menschen anders um.«

Muschalik saß am Steuer, kämpfte gegen die Rushhour an und dachte laut nach: »Jartmann muss ganz sicher gewesen sein, dass es kein Unfall war, und mit aller Gewalt versucht haben, es zu beweisen. Er wusste, dass Ben Krämer so etwas nicht einfach *passieren* würde. Er war in seinen Augen sicher viel zu professionell dazu. Und darum hat er Nachforschungen in Nellys Vergangenheit angestellt, hat den Grizzlytausch herausbekommen und wollte sie damit unter Druck setzen. Und sie hat sich gewehrt.« Irgendwie verstärkte sich aber sein Gefühl, dass es nicht allein der Grizzlytausch gewesen sein konnte, den Jartmann herausbekommen hatte. Wenn Nelly der Grizzly so viel bedeutete, warum war sie dann nicht nach Duisburg zurückgekehrt, nachdem der Kölner Grizzly wieder gesund war? Warum hatte sie stattdessen eine derartige Aktion gestartet? Warum wollte oder musste sie Duisburg verlassen? »Hier stimmt was nicht«, sagte er und schüttelte den Kopf.

»Das kann man wohl sagen«, Kraft lehnte sich zurück und schloss die Augen.

Später schlug er vor, sicherheitshalber heute noch Frau Jartmann das Foto von den Pyrenäen zu zeigen. Vielleicht wusste sie mehr über ihren Sohn als Herr und Frau Krämer über Ben. Am Autobahnkreuz Heumar wechselten sie von der A 3 auf die A 4 Richtung Aachen. An der Autobahnausfahrt Klettenberg nahmen sie den linken Abzweig nach Hürth.

Als Frau Jartmann ihnen öffnete, preschte ein großer, gelber Hund an ihr vorbei und wedelte zur Begrüßung. Kraft fiel mit der Tür ins Haus und hielt ihr das Foto der beiden jungen Männer in den Pyrenäen unter die Nase: »War Ihr Sohn schwul?«

»Ja«, sagte sie ohne zu zögern, »warum?«

»Warum haben Sie uns das nicht gesagt?«

»Sie haben nicht gefragt.«

Er wollte auf dem Absatz kehrtmachen, aber Muschalik fand, dass sie Frau Jartmann eine Erklärung schuldig seien. Auf den ersten Blick hatte sie mit ihrem Sohn nicht viel gemein, vielleicht nur die krausen Haare. Sie wirkte zurückhaltend. Er hielt Kraft fest, stellte sich vor und erzählte von Wiesbaden. Frau Jartmann hörte ihm zu, ließ aber den Hund dabei nicht aus den Augen. Zum Schluss sagte sie, dass sie sich vage daran erinnern könne, dass ihr Sohn auch in den Pyrenäen gewesen sei, aber sie wisse nicht, wann; er sei sehr viel gereist. Von einem Ben Krämer habe er nie gesprochen. Auf keinen Fall.

»Haben *Sie* etwa Ihre Mütter früher über Ihre Liebschaften informiert?«, fragte sie erstaunt zurück.

»Nein. Niemals«, sagte Muschalik und musste an seine erste große Liebe denken, die ihn bereits in der Grundschule ereilt hatte. Er hatte ihren Namen vergessen. Niemals hätte er seiner Mutter davon berichtet. Nicht einmal die Angebetene hatte davon gewusst. Diese Liebe war und blieb ein heiliges, unerfülltes Geheimnis, das ihn mit großer Unsicherheit zurückließ. Später war es nicht anders gewesen. Seine Mutter hatte Betty erst kurz vor seiner Hochzeit kennen gelernt.

»Ben Krämer hat Thomas nie besucht. Sie haben sich nicht hier getroffen, sollten sie sich getroffen haben und ... Liebe war also sein Motiv«, fügte Frau Jartmann nachdenklich hinzu.

»Ich denke, ja«, sagte Muschalik, »es läuft fast immer darauf hinaus. Weil Liebe alles andere nach sich zieht, Eifersucht, Enttäuschung, Einsamkeit, Hass, Rache, Drogenkonsum, Raub und Mord. Liebe ist wie ein Magnet für alle anderen Gefühle. Wenn es die Liebe nicht gäbe, gäbe es keine Verbrechen. Liebe ist ...« Er merkte, dass er sich fest redete und unterbrach sich selbst. »Entschuldigen Sie unseren Überfall, aber es war wichtig. Wir werden so bald wie möglich in der Universität Kommilitonen von Thomas befragen, vielleicht wissen sie von Ben Krämer.«

Frau Jartmann nickte und rief den Hund zurück. »Wann können wir Thomas beerdigen?«, fragte sie, beugte sich hinunter und legte eine Hand auf den Hunderücken.

»Er ist noch in der Gerichtsmedizin. Aber wir werden uns dafür einsetzen, dass er bald freigegeben werde«, versprach Muschalik.

Sie nickte wieder, schloss die Tür und knipste das Licht in der Diele aus, und das ganze Haus lag plötzlich im Dunkeln. Und Muschalik fragte sich, wie sie damit fertig wurde, jetzt keinen Sohn mehr zu haben.

15. Kapitel

Als Kraft sich am nächsten Tag bis neun Uhr noch nicht bei Muschalik gemeldet hatte, fuhr dieser kurzerhand zu ihm.

»Mir geht es nicht besonders gut«, sagte Kraft mit einer erbärmlichen Stimme. Er lag wie der arme Poet in seinem Bett aufgebahrt. Die Beule an seiner Schläfe war größer geworden und begann sich blau zu färben.

Nach einem Blick ins Wohnzimmer fand Muschalik die Kinder in Schlafanzügen vor dem Fernseher. »Geht es dir schon besser?«

Kraft schüttelte den Kopf: »Vielleicht morgen, wenn überhaupt. Ich habe einen Rückfall, eine Depression.«

»Kann es sein, dass du dir etwas vormachst? Glaubst du vielleicht, so mit dem Alleinsein fertig zu werden? Das funktioniert nicht. Ich bin Witwer. Ich weiß, wovon ich rede.«

Aber heute erwischte er Kraft auf dem falschen Fuß. »Ach ja? Reden wir doch mal über *dein* Leben«, sagte er und wurde plötzlich aggressiv.

»Mein Leben ist in Ordnung.«

»Bist du sicher? Warum bist du dann hier?«

Muschalik fiel nicht sofort die passende Antwort ein, aber es gab eine, da war er ganz sicher. Dankbar hörte er das Telefon neben Kraft klingeln. Kraft wollte nach dem Hörer greifen, aber Muschalik hinderte ihn daran. Es klingelte weiter.

»Geh schon dran«, sagte Kraft.

Muschalik meldete sich mit einem mürrischen: »Ja, bitte.«

»Wer sind Sie?«, fragte eine vorsichtige Frauenstimme.

»Und Sie?«

»Ich bin Rosa Kraft.«

»Ich bin Lorenz Muschalik«, sagte er.

»Ist Olaf nicht da?«

»Doch, aber er ist krank.«

Es war still am anderen Ende der Leitung.

»Ich wollte nur Bescheid geben, dass ich jetzt losfahre. Ich bin in circa zwei Stunden da.«

»Ich sage es ihm.«

»Was hat er denn?«

»Keine Ahnung.«

Rosa schwieg, endlich sagte sie: »Sie sind sein Freund, nicht wahr?«

»Kann sein.«

»Passen Sie auf ihn auf, ja?«

Rosa Kraft beendete das Gespräch, und Muschalik saß mit dem Hörer in der Hand da und versuchte, sich einen kurzen Moment das Gesicht vorzustellen, dass zu dieser Stimme passte. Aber Kraft nahm ohne zu zögern den Faden wieder auf.

»Also, wenn dein Leben in Ordnung wäre, hättest du diesen Fall nicht an dich gerissen wie ein Ertrinkender einen Strohhalm.«

»Ich ertrinke nicht.«

»Du solltest aufhören zu tun, als hättest du die Wahrheit gepachtet.«

Muschalik brummte etwas Unverständliches.

»Gib doch endlich zu, dass ...«

»Ich gebe überhaupt nichts zu.«

Muschalik stand auf und wollte gehen. Er war nicht hierher gekommen, um sich Vorwürfe anzuhören.

»Wartest du nicht, bis Rosa kommt?«, fragte Kraft. »Du wolltest sie doch kennen lernen.«

»Nein, die Arbeit geht vor.«

»Ich kann leider nicht mitfahren.«

»Du siehst furchtbar mit deiner Beule aus. Rosa wird einen Schreck bekommen. Sie klang übrigens sehr nett.« Muschalik konnte es nicht lassen.

»Vergiss es, Lorenz, es gibt keine kölsche Lösung.«

»Was verstehst du schon davon, du Hesse.«

* * *

Von der Antwerpener Straße fuhr er direkt nach Duisburg. Er war wütend und fuhr schneller als sonst. Zweimal jagte er mit der Lichthupe einen Bummler von der linken Spur. Der alte Opel gab sein Letztes. Um von seinen eigenen Problemen abzulenken, hatte Kraft mit sicherem Gespür eine Wunde getroffen, von der Muschalik glaubte, dass es sie nicht gäbe oder zumindest niemand außer ihm selbst davon wisse. Sie war klein und oberflächlich und würde bald von selbst verheilen, wenn er sie nicht beachtete.

In Duisburg schlenderte er zunächst durch den Zoo und versuchte vorurteilsfrei Vergleiche anzustellen und musste an den Bericht in der letzten Zeitschrift der *Freunde des Kölner Zoo* denken. Darin war der Kölner Zoo laut einer Untersuchung des *Stern* nicht umsonst zur Nr. 1 in Deutschland gewählt worden. Auch wenn *nur* zwei Journalisten aus dem Blickwinkel des ganz normalen Zoobesuchers dieses Ranking aufgestellt hatten – und keine Fachleute mit den entsprechenden Hintergrundinformationen –, so war ihr Urteil in einer überregionalen Zeitschrift wie dem *Stern* doch ein Riesen-Kompliment für die Kölner, die das natürlich immer schon gewusst hatten.

Muschalik wartete eine Zeitlang an der Anlage der Braunbären auf einen Tierpfleger, den er hätte ansprechen können – umsonst. Schließlich sah er drei Zoomitarbeiter in ihrer olivefarbenen Arbeitskleidung zusammenstehen. Es war eine Frau unter ihnen. Er ging zu ihnen und zeigte seinen Ausweis. Der Älteste wollte sofort die Gruppe verlassen, um einer dringenden Arbeit nachzugehen, aber Muschalik bat ihn zu bleiben, er habe ein paar dienstliche Fragen wegen Nelly Luxem zu stellen. Sie nickten, sie wussten Bescheid, sie hatten die Zeitung gelesen.

»Ich möchte gern wissen, warum Nelly in Köln geblieben ist, anstatt in den Duisburger Zoo zurückzukehren, nachdem der Kölner Bär wieder gesund war.« Er sah von einem zum anderen. »Sie waren Kollegen.«

Allgemeines Kopfschütteln war die Antwort, die Muschalik bekam. »Wie lange hat sie denn hier gearbeitet?«

»Ziemlich lange«, sagte der Jüngere.

»Zwei, drei Jahre?«

»Länger. Über fünf.«

»Und Sie?«

Die Tierpflegerin war ein Jahr nach Nelly in den Duisburger Zoo gekommen, die beiden Männer waren schon über zehn Jahre dort.

»Dann werden Sie doch irgendetwas Persönliches von ihr wissen. Haben Sie sich nach Feierabend vielleicht mal getroffen?«

»Früher, ja. Bevor sie ihren Freund hatte«, sagte der Jüngere.

»Und wann lernte sie ihn kennen?«

»Kurz nachdem sie hier anfing, nach einem halben Jahr oder so. Das ging erst voriges Jahr zu Ende.«

»Sie haben sich getrennt?«

»Sich trennen – so kann man das auch nennen.« Die drei lachten.

»Wie würden Sie es denn nennen? Haben Sie ihn kennen gelernt?«

»Er hat sie zuerst immer gebracht und abgeholt. Wir haben ihn am Eingang stehen sehen, wenn er auf sie wartete«, sagte der Jüngere, »später ist er auch immer öfter mit hereingekommen. Fast jeden Tag.«

»Was hat er hier gemacht?«

»Er hat da drüben auf der Bank gesessen«, sagte der Jüngere und zeigte auf eine Holzbank gegenüber der Bärenanlage. »Sonst nichts. Er hat da gesessen. Zuerst, jedenfalls.«

»Und später?«

»Später hat er uns angemacht. Er war ein Terrier, wissen Sie. Klein, aber giftig. Er hatte etwas Hinterhältiges. Als ob einer von uns was von Nelly gewollt hätte. Wir haben sowieso immer nur das Nötigste mit ihr gesprochen. Er hatte keinen Grund uns zu drohen. Aber wir wollten es nicht darauf ankommen lassen. Und Nelly keinen Ärger machen, sie hatte bestimmt schon genug.«

»Womit hat er denn gedroht?«

Der Jüngere hob die Hände, als zielte er auf Muschalik und sagte: »Peng.«

»Und eines Tages kam er nicht mehr?«

»Nein«, sagte sie, »da war er verschwunden. Er kam von einem auf den anderen Tag nicht mehr.«

»Wie hieß er denn?«

»Albert«, sagten alle drei gleichzeitig.

»Albert und weiter?«

»Keine Ahnung«, sagte die Frau.

Die Männer bestätigten ihre Aussage mit einem Nicken, und dann begann auch der Ältere, den die anderen Heinrich nannten, zu reden. Er war ein bärbeißiger Typ, der sprach, ohne die Lippen zu bewegen. Er vergrub die Hände in seiner Arbeitshose und sah auf die dreckigen Kappen seiner Gummistiefel. »Ich habe in der gleichen Straße wie Nelly gewohnt, nur zwei Häuser weiter«, begann er zögernd, »es gab oft Streit in ihrer Wohnung, sagten jedenfalls die Nachbarn aus ihrem Haus.«

»Weiter!«

»Immer mit der Ruhe. Streit und Lärm soll es dort ständig gegeben haben«, er rümpfte die Nase, »auch nachts, besonders aber in der Nacht, in der er ...«

»... in der er verschwand? Und wann war das?«

»Och, das war auch im August, wie jetzt, glaube ich«, sagte Heinrich, »im August vor einem Jahr.«

»Sie wissen nicht den Tag?«

»Nö. Aber es war auf jeden Fall im August. Da muss es, wie gesagt, richtig zur Sache gegangen sein. Scherben hat's gegeben. Und Schreie und so was. Und einen dumpfen Knall und dann Ruhe.«

»Haben die Nachbarn gesagt?«

»Ja. Nelly hat sich wohl endlich gewehrt.«

»Was soll das heißen?«

»Ich bitte Sie, eine Frau, groß und stark wie ein Bär, und er war so ein Kleiner«, sagte er und zeigte mit der Hand etwa anderthalb Meter über den Boden, »aus der Wohnung herausgehen sehen hat ihn keiner mehr. Nie mehr. Ein paar Häuser weiter ist ein Kiosk, wo ich meine Zeitung und meine Zigaretten kaufe, da wird man Ihnen alles bestätigen können.«

»Was schließen Sie daraus?«

»Ich? Überhaupt nichts.« Heinrich hob die Hände. »Aber die Nachbarn hatten eine, wie soll ich sagen, eine ziemlich grässliche Erklärungen dafür.«

»Und welche?«

»Wie gesagt, ich sage nur, was ich gehört habe. Er soll nämlich gar nicht verschwunden sein. Sie soll ihn ... umgebracht haben.«

»Hat denn mal einer die Polizei benachrichtigt?«

»Nö. Ist doch nicht unsere Aufgabe. Und ist doch nur ein Gerücht. Man kann doch nicht wegen einem Gerücht zur Polizei gehen.«

Muschalik ließ sich von ihm Nellys alte Adresse geben und machte sich auf den Weg. Die Tierpflegerin zog ihn plötzlich am Ärmel, sie war ihm nachgegangen.

»Es war schon mal jemand vom Kölner Zoo hier. Der, der jetzt auch tot ist.«

»Thomas Jartmann?«

Sie nickte. Muschalik hatte vor lauter Gerüchten völlig vergessen, sich nach Jartmann zu erkundigen.

»Und wann?«

»Mitte Juli.«

»Nachdem der Tod des Fotografen in der Zeitung gestanden hatte?«

»Ja. Direkt am nächsten Tag. Er hat nach Nelly gefragt, so wie Sie eben.«

»Hat er auch nach dem Grizzly gefragt?«

»Nein, wieso sollte er?«

»Das habe ich mir schon fast gedacht.«

* * *

Es war ein gepflegtes Mehrfamilienhaus, in dem sie gewohnt hatte, mit vier Parteien auf jeder Seite des weiß gekachelten Treppenhauses. Im Erdgeschoss regelten eine Hausordnung und der Treppenputzdienst das gemeinsame Leben. Es war verboten, Fahrräder oder Kinderwagen dort abzustellen. Bei

Einbruch der Dunkelheit war die Haustür abzuschließen. Saubere Türmatten, Strohkränze und selbst gebastelte Namensschilder hießen ihn willkommen, als er die Treppe hinaufstieg.

Nellys Wohnung im zweiten Stock rechts war wieder vermietet, »Schobenberg« stand an der Tür. Niemand öffnete ihm. Durch den Spion sah er einen dunklen Schatten, der sich bewegte. Er traf insgesamt drei Bewohner an, die alle bei dem Namen Nelly Luxem die Türe schließen wollten. Aber Muschalik setzte einen Fuß in ihre Diele, bevor sie dazu kamen.

»Sie wohnt nicht mehr hier«, war die abweisende Antwort, und sie wüssten nichts über sie.

Muschalik blieb vor dem Hauseingang stehen, sah unschlüssig nach rechts und links. Ein paar Häuser weiter lag der Kiosk, von dem der Tierpfleger Heinrich gesprochen hatte, gegenüber auf dem kleinen Platz unter den Bäumen stand eine Reihe Müllcontainer. Als er hoch blickte, sah er auf drei Balkonen Köpfe verschwinden. Die Köpfe hinter den Fensterscheiben des Kiosk waren hartnäckiger. Da hatten sie gestanden, hatten über jeden Schritt von Nelly gewacht. Da standen sie auch jetzt und beobachteten den kleinen, älteren Herrn mit der karierten Schirmmütze und dem karierten Blouson, der sich auf den Weg zum Kiosk machte.

Der schmuddelige Kiosk glich einer Imbissbude. Vier speckige Stehtische luden zum Verzehr von belegten Brötchen und heißer Wurst ein. Es wurde auch Alkohol verkauft, Pils in Dosen, eine Billig-Marke, die Muschalik nicht kannte. Die *Bild am Sonntag* und andere einschlägige Informationsblätter lagen auf der Glastheke. Zigaretten und Süßigkeiten waren selbstverständlich auch zu haben. Hinter der Theke wirtschaftete ein dicker Mann, auf dessen Stirn Schweißtropfen standen, die er ab und zu mit dem Handrücken abwischte.

Muschalik bestellte eine heiße Wurst und einen Kaffee. Und er hoffte, der Dicke würde die Wurst nicht mit den Händen anfassen. Umsonst. Die Kaffeetasse goss er randvoll, sodass Muschalik sie mühsam zu einem der Stehtische balancieren musste. Das Zuckertütchen klebte und in der Mitte des Kaffeelöffels sah er einen braunen, angetrockneten Rand. Muschalik trank den Kaffee schwarz. Die Wurst war nicht mehr die jüngste.

Weitere Gäste waren ein auffallend hagerer Mann und ein Ehepaar. Sie waren alle mit dem Dicken, dem Besitzer des Kiosk, den die anderen Bruno nannten, offensichtlich freundschaftlich verbunden, denn sie duzten sich und sprachen vom gestrigen Abend, den sie zusammen in einer Kneipe verbracht hatten. Sie hatten alle einen über den Durst getrunken. Sowohl Heinz, der hagere Mann, als auch Marie und Gerhardt, das Ehepaar.

»Noch einen, der Herr?«, rief Bruno nach einiger Zeit.

Muschalik sagte ja, obwohl der Kaffee scheußlich war, aber er war nicht hier um guten Kaffee zu trinken. Bruno brachte die Tasse an seinen Tisch und legte eine braune Spur.

»Sie sind der neue Verwalter«, stellte er fest. Es war keine Frage, er hatte bereits entschieden, wer der Fremde war.

Muschalik nickte.

»Wollten mal nach dem Rechten sehen, wie?«

»Ja. Man muss sich um die Dinge kümmern«, sagte Muschalik vage.

»Genau. Immer am Ball bleiben. Ehe etwas einreißt. Ihr Vorgänger war ein bisschen schlampig«, fuhr Bruno fort.

»Deswegen bin ich hier.«

Heinz faltete seine *Bild am Sonntag* zusammen und sagte: »Der hat sich um rein gar nix gekümmert.«

»Genau«, sagte Bruno und wischte sich wieder den Schweiß von der Stirn.

»So viel Arbeit macht so ein Haus auch nicht.«

»Jetzt vielleicht nicht mehr«, mischte Heinz sich ein.

»Genau. Aber vor einem Jahr sah das noch ganz anders aus«, sagte Bruno und nickte seinem Freund zu.

»Das kann man wohl sagen«, bestätigte Heinz.

Das Gespräch entwickelte sich in die richtige Richtung, ohne dass Muschalik viel dazu beitragen musste.

»Möchte nur mal wissen, wo sie jetzt hin ist«, sagte Heinz zu Bruno und riss eine Dose Pils auf.

»Hauptsache, sie ist weg«, sagte Marie.

»Meinen Sie Frau Luxem?«, fragte Muschalik.

»Genau. Ich sehe, Sie wissen Bescheid«, sagte Bruno.

»Natürlich. Als Verwalter.«

Und dann drängten sie ihm ohne zu zögern das Netz voller Gerüchte auf, das sie um Nelly gesponnen hatten. Marie und Gerhard stellten sich als Nellys direkte Nachbarn vor.

»Tür an Tür mit dieser Frau«, rief Marie aus und konnte es noch immer nicht fassen, »und wir haben es erst ganz zum Schluss gemerkt.«

»Was denn?«

»Das mit Albert natürlich, mit dem sie zusammengelebt hat.« Marie sah ihn einen Augenblick skeptisch an.

»Klar, das mit Albert«, versicherte Muschalik schnell.

»Genau«, sagte Bruno.

»Eine furchtbare Geschichte.«

»Genau. Dabei war der Albert so ein netter Kerl. Er hat alles für sie getan. Der hat sie bestimmt echt geliebt. Verehrt hat er sie geradezu. Er stand immer hinter der Gardine und hat auf sie gewartet, aber meistens hat er sie zur Arbeit gebracht und abgeholt. Oder ist sogar bei ihr geblieben. Den ganzen Tag.«

Bruno latschte wieder hinter seine Theke.

»Hatte er denn selbst keine Arbeit?«, fragte Muschalik.

»Keine Ahnung. Er hatte jedenfalls viel Zeit. Es gab oft Krach bei ihnen. Die hatte ihn echt nicht verdient. Vielleicht wollte er aber auch, dass sie sich mehr um ihn kümmert. Sie war ja immer nur im Zoo. Nix anderes hat sie gemacht, als in den Zoo gehen. Das war schon verrückt. Das ist doch nicht normal!«

»Wie hieß er noch mal mit Nachnamen?«, fragte Muschalik und kratzte sich den Kopf, »ich hab ihn schon wieder vergessen. Mein Gedächtnis macht mir in letzter Zeit zu schaffen. Das Alter.«

»Keine Ahnung«, sagte Marie, »oder wisst ihr das noch?« Sie sah Bruno, Heinz und Gerhard an. Die drei konnten sich ebenfalls nicht erinnern.

»Soweit ich weiß, ist nie herausgekommen, was aus ihm geworden ist«, bedauerte Muschalik.

»Nee. Offiziell nicht. Aber wir haben da so unsere eigene Meinung zu, nicht wahr?«, fragte Marie in die Runde.

»Wahrscheinlich ist er abgehauen«, sagte Muschalik.

»Nee. Der nicht. Der hing doch an ihr wie eine Klette. Der hätte sie nie freiwillig verlassen. Der hätte doch gar nicht gewusst, was er ohne sie anfangen sollte. Nelly war doch sein ein und alles. Nee, da ist was passiert.«

»Was denn?«

Marie kam an Muschaliks Tisch und beugte sich vor.

»Die hat den doch garantiert umgebracht«, flüsterte sie, »wetten?«

»Aber«, wehrte Muschalik sie ab.

»Doch, das können Sie uns ruhig glauben. Die ist der Typ für so was. Die hat ihn umgebracht. Wenn Sie sie kennen würden, dann wüssten Sie, was wir meinen.«

»Ja« mischte Heinz sich ein, »die ist echt der Typ für so was. Glauben Sie uns das.«

Bruno verließ seine Theke und baute sich vor Muschalik auf.

»So eine Frau!« sagte er, und seine Hände schlugen einen großen Bogen. »Und stark. Solche Arme! Da konnte einem schon angst und bange werden. Selbst mir. Und ich bin nun wirklich kein Feigling. Und einen Blick! Ich sag's Ihnen. Wenn Blicke töten könnten!« Bruno wischte sich den Schweiß von der Stirn.

»Dann wären wir alle tot«, lachte Heinz.

16. Kapitel

Der Grizzly war krank.

Verbannt in seine Höhle und ohne Nelly fraß er kaum noch. Der Tierarzt Dr. Behlert stellte eine kleine Magenverstimmung fest und setzte ihn auf Diät. Tee und Zwieback, den der Grizzly ganz gerne vor sich hin schlabberte. Aber um nicht an Gewicht zu verlieren, hätte er jeden Tag mindestens zehn Kilogramm davon zu sich nehmen müssen. Und das wollte er nicht. So schrumpfte er in seinem struppigen Fell und wurde unsicher auf den Beinen.

Muschalik saß auf der Bank gegenüber der Bärenanlage, während Dr. Behlert noch in der Bärenhöhle war, und betrachtete zum hundertsten Mal den Tatort. Er sah, wie Dr. Behlert seinen Patienten verließ und in Richtung Ausgang ging. Kraft kam ihm entgegen, sie trafen sich hinter den Geparden, zu weit weg, um zu verstehen, was sie sagten. Sie blieben beide stehen. Muschalik entging es nicht, dass Dr. Behlert immer wieder den Kopf schüttelte, zu ihm herübersah. Kraft redete auf ihn ein, erklärte mit großen Gesten. Schließlich nickte der Tierarzt, und sie verabschiedeten sich mit einem Handschlag.

»Was sagt er?«, fragte Muschalik, als Kraft neben ihm stand.

»Der Grizzly trauert. Er würde ihn gern aus der Höhle lassen. Das würde ihm gut tun. Einsam und eingesperrt obendrein, das wäre zu viel für ihn.«

»Das ist doch normal, oder? Es ist die Sehnsucht, der Trennungsschmerz. Das Gefühl musst du doch kennen. Aber du bist noch gut im Futter.« Muschalik klopfte auf Krafts kleinen Bauch, der sich unter seiner Jacke hervorwölbte, und dachte, du sagst mir nicht alles, Olaf. Die Beule an seiner Schläfe war jetzt gelb.

»Mach dich ruhig lustig über mich.«

»Ich werde mit van Dörben reden, vielleicht kann er sich entschließen, dem Bären Ausgang zu gewähren, für ein paar Stunden am Tag unter strengen Sicherheitsbedingungen. Vielleicht kann man auch das Gitter erhöhen und einen Wachposten aufstellen. Was haben die Kollegen eigentlich bei ihren Befragungen herausgefunden?«

Kraft hatte wenig Neuigkeiten. Der angebliche Waffennarr M. Liebinger war ein halb blinder, achtzigjähriger Mann, der früher Schützenbruder und nur im Besitz von Ausstellungsstücken war. Man musste ihn von der Liste streichen. Alle anderen Anwohner waren ausgesprochen unauffällig.

»Und Frau Heimbach?«, wollte Kraft wissen.

»Ist im Krankenhaus und lässt ihre Blumen vom Krankenpfleger gießen. Ansonsten steht die Wohnung praktisch leer.«

In der Kölner Universität, die Kraft inzwischen besucht hatte, war er erfolgreicher gewesen. Er hatte einen Kommilitonen von Jartmann gefunden, dem gegenüber er Ben Krämer einmal erwähnt hatte. Jörg Schiebrey. Er hatte die beiden außerdem manchmal zusammen gesehen. Abends in einer einschlägigen Kneipe, dem *Go In* am Altermarkt, und auf einem Konzert im E-Werk. Er hatte sie Hand in Hand gesehen. Aber das war länger als zwei Jahre her.

»Und wie war's denn in Duisburg?«

»Erinnere mich nicht an Duisburg. Ein Albtraum. Wir müssen uns mit Nellys ehemaligem Lebensgefährten beschäftigen, einem Albert Sowieso. Kann dein großer Bruder Computer mal nach ihm suchen?«

»Klar, wenn du mir den Nachnamen sagst. Kein Thema.«

»Den kennt dort keiner.«

»Dann nicht.«

»Ich denke, Computer sind Alleskönner.«

»Er wird dir circa dreitausend Alberts ausspucken. Vergiss es.«

»Sie soll ihn umgebracht haben.«

»Das wäre natürlich ein Hammer. Aber du glaubst den Duisburgern kein Wort, wie ich dich kenne?«

»So ist es. Sieh nach, ob einer dieser dreitausend Alberts vielleicht spurlos verschwunden ist. Gibt es eine Vermisstenanzeige, einen Verdacht, eine Spur oder nur einen Hinweis? Schick deinen Computer auf die Jagd.«

»Okay. Wenn du unbedingt willst.«

»Ja, ich will es«, sagte Muschalik gereizt und fuhr dann fort: »Wir müssen Nelly dringend herbeischaffen, ehe der Bär das Fressen ganz einstellt und womöglich eingeht.«

»Und wie?«

»Wir setzen es in die Zeitung. Aber nicht nur in den Kölner Stadtanzeiger und in den Express, sondern auch in überregionale Blätter. Wo auch immer sie ist, sie soll es wissen. Die Journalisten sollen ein Drama daraus machen. Das können sie doch so gut.«

»Soll er im Sterben liegen?«

»Ja, das wäre gut.«

»Soll er noch zu retten sein?«

»Höchstwahrscheinlich nicht. Aber wir sollten vorher den Zoodirektor informieren. Und lass ein Bild von ihm machen.«

»Vom Zoodirektor?«, fragte Kraft.

»Quatsch, vom Grizzly.«

»Kein Problem. Wird sofort erledigt.«

»Nein, warte mal, was hat Dr. Behlert denn sonst noch so gesagt?«

»Nichts. Wir haben nur über den Bären gesprochen.«

»Ich frage mich, warum er immer zu mir herübergesehen und den Kopf geschüttelt hat.«

»Das bildest du dir ein.«

»Hat er vielleicht herausbekommen, dass der Bär ein anderer ist?«

»Nein«, sagte Kraft sehr schnell.

Du lügst, Olaf, dachte Muschalik.

Kraft setzte die nordrhein-westfälische Presse in Brand. Schreckensmeldungen erschienen über den lebensbedrohlichen Zustand des *ursus arctos horribilis* im Kölner Zoo. Seine Fotos standen auf den ersten Seiten. Und das ganze Land nahm Anteil. Schulklassen, Kindergärten und Altersheime schickten bergeweise Genesungskarten und Maskottchen für den Grizzly. Anrufe mit Diätempfehlungen bombardierten die Zooverwaltung. In Köln hingen die Fahnen auf Halbmast. Dieses Mal konnte kein anderer Zoo eine Bärenspezialistin zur Verfügung stellen. Es gab niemanden wie Nelly. Der Ruf nach ihr stand in jeder Zeile.

Immerhin konnte Muschalik am Montag, dem 7. August, endlich seine Wohnzimmergardinen abhängen. Während sie in der Badewanne einweichten, besuchte er Betty auf dem Nordfriedhof und berichtete ihr, dass er die Wohnung nicht verkommen ließe. Er war das letzte Mal an ihrem Geburtstag auf dem Friedhof gewesen und das war schon fast zwei Wochen her. Viel war in der Zwischenzeit passiert.

»Aber die größte Neuigkeit ist doch, dass ich wieder im Dienst bin«, sagte er und holte die verblühten Margeriten aus der Vase. Das Blumenwasser stank und er schüttete es auf dem Weg aus.

Sicher würde Betty verstehen, dass er einen Fall im Kölner Zoo unmöglich seinem Nachfolger überlassen konnte. Er berichtete vom Patronenfund, der Schusswunde in Jartmanns Brust und Krafts Familienproblemen.

Nelly erwähnte er nicht.

»Kein Wunder, dass ich keine Zeit zum Kochen habe«, sagte er stattdessen. Natürlich hätte er Zeit zum Kochen gefunden, aber es interessierte ihn nicht mehr, nicht mehr seit der Sache mit dem Gulasch in Madeira. Wenn er nur daran dachte, wurde ihm übel.

Er aß jetzt fast immer im Zoo-Restaurant, wenn er überhaupt etwas aß.

So auch am Montagmittag.

Am letzten Tisch saß die Malerin, und er setzte sich mit einer Portion Spaghetti Bolognese zu ihr. Er sah, dass sie das Gleiche aß.

»Mattis hat erzählt, dass sich Jartmann, wann immer möglich, in Nellys Nähe aufgehalten hat«, begann er ohne Umschweife.

»Das ist wahr. Und Sie hatten wohl nur Augen für die Bärenpflegerin«, fragte die Malerin lächelnd.

Muschalik wurde verlegen.

»Das war nicht zu übersehen, auch nicht, wie sehr es ihr gefiel.«

»Aber, aber«, wehrte er ab und spürte, dass seine Wangen zu glühen begannen.

»Es war sehr schön anzusehen.«

Spaghetti rutschten unkontrolliert von seiner Gabel. »Ich mache mir große Sorgen um Nelly.«

»Sehen Sie«, sagte sie, »ein untrügliches Zeichen.«

»Ich hatte mich gerade ein bisschen an sie gewöhnt«, gab er zu, »ich wollte ihr helfen.«

Sie nickte verständnisvoll. »Sie wird wiederkommen, so lange es den Bären gibt.«

»Darauf setze ich auch. Aber wann? Ich glaube, dass sie außerhalb des Zoos sehr hilflos ist.«

Die Malerin stand auf, nahm ihr Tablett und sagte: »Sie glauben wirklich, dass sie ohne Sie nicht zurechtkommt?«

»Doch, natürlich wird sie das, aber...«

»Geben Sie ihr die Gelegenheit.«

Sie ließ Muschalik allein zurück, der nicht getröstet war, sondern noch aufgewühlter als zuvor. Seine Geduld wurde auf eine harte Probe gestellt.

Nach dem Essen drehte er eine einsame Runde durch den Zoo, ohne die Tiere wahrzunehmen, die ihm nachblickten, er blieb an keinem Gehege stehen, sah nicht, ob sie fraßen oder schliefen. Er ging sogar gedankenlos am Marabu vorbei, ohne ihn zu grüßen, und als er am Südamerika-Haus ankam, wusste er nicht, wie er dorthin gelangt war. Er suchte Mattis, aber er fand ihn nicht. Professor Nogge bezog nebenan seine frisch renovierte Villa und hatte keine Zeit für ein Gespräch. Die Anlage des Grizzlys war leer und verwaist. Muschalik kam sich verloren vor. Der Zoo hatte sich verändert, war nicht mehr die friedliche Insel, die Arche Noah in der großen Stadt. Angst lag in der Luft, die Ruhe vor dem Sturm, das reglose Warten auf die nächste Katastrophe, wenn der Grizzly in seiner Höhle aufgab, wenn er starb. Er wusste nicht mehr weiter. Lise Becker schien das Transportunternehmen nicht zu finden, das den Grizzly gefahren hatte. Sie telefonierte sich die Finger wund. Und Kraft würde wahrscheinlich keinen offenen Fall »Albert« finden. Die Ermittlungen steckten fest. Allein Nelly konnte sie weiterbringen.

Er hatte sich gerade schlafen gelegt, als es an seiner Tür klingelte.

Zuerst dachte er an Kraft, der Albert gefunden haben konnte und nicht den Morgen abwarten wollte, um es ihm mitzuteilen.

Aber dann hatte er das vage Gefühl, dass Nelly vor seiner Türe stehen könnte. Er sprang auf, betätigte den Türdrücker, öffnete die Wohnungstür und starrte in den dunklen Flur. Niemand stieß unten die Haustür auf, niemand machte Licht im Flur, er hörte keine Schritte die Treppen heraufgehen.

17. Kapitel

Am Dienstag zeigte Muschaliks Plan erste Erfolge. Dem trauernden Grizzly schien es besser zu gehen. Er hatte Appetit und streckte seinen riesigen Schädel vorsichtig aus der Höhle. Er war über den Berg. Van Dörben hatte Muschalik sofort zugestimmt und mehrmaligen Ausgang am Tage genehmigt. Er war nicht der Meinung, dass der Grizzly der Mörder sei. Aber Vorsichtsmaßnahmen müssten eben sein, auch im Hinblick auf die Presse. Dr. Behlert war zufrieden mit den Fortschritten seines Patienten in Richtung Genesung. Immer noch warf der Tierarzt Muschalik seltsame Blicke zu, wenn sie sich trafen.

Als der Grizzly sich sogar einmal in sein Wasserbecken fallen ließ und sich dabei wohlig auf dem Rücken räkelte, sagte Muschalik erleichtert: »Nelly kann nicht weit sein.«

»Sie ist sicher nachts im Zoo, nicht wahr?«, fragte Kraft.

»Garantiert ist sie das. Und wir sind es ab sofort auch.«

»Warst du schon einmal nachts im Zoo?«

»Ja. Wenn du zu den *Freunden des Kölner Zoo* gehören würdest, wüsstest du, dass der Zoo einmal im Jahr eine Sommernacht veranstaltet.«

»Wahrscheinlich ein Volksfest, wie ich die Kölner kenne?«

»Ja, leider. Ich war noch nie ganz allein nachts im Zoo.«

»Keine Sorge, ich werde bei dir sein und auf dich aufpassen.«

»Das ist beruhigend. Wo ist eigentlich Nellys rotes Halstuch?«

»Im Präsidium.«

»Bring es mit.«

Van Dörben genehmigte den beiden Polizisten auch den nächtlichen Zutritt zum Zoo. Professor Nogge händigte ihnen einen Ersatzschlüssel aus und bat: »Bringen Sie die Sache zu Ende. Egal wie. Das Warten ist unerträglich. Und wenn Sie mich brauchen, klingeln Sie. Ich kann sowieso nicht mehr schlafen.«

Muschalik und Kraft schlugen sich zwei Nächte im Zoo um die Ohren, um Nelly auf die Schliche zu kommen, aber es gelang ihnen nicht. Sie musste ein gutes Versteck haben, in dem sie abwarten konnte, bis die beiden Polizisten ihren Wachposten aufgegeben hatten. Muschalik hatte ihr rotes Halstuch um die Höhlentür geschlungen, aber am nächsten Morgen war es immer noch da. In der zweiten Nacht schob er die Bärenfotos aus ihrem Zimmer durch die Höhlentür. Sie fehlten, als er später nachsah.

Aber die Nächte im Zoo entschädigten Muschalik und Kraft, und eine fremde, geheimnisvolle Welt eröffnete sich ihnen. Augen blinkten wie Lichter überall in der Dunkelheit, bernsteinfarben, grün und gelb. Da war ein Knirschen und Rascheln, ein Knacken und Krächzen, plötzlich ein undeutliches Tapsen, dann ein Kratzen, ein Flügelschlag. Von den Weihern drang das Quaken der Frösche, aus der Ferne das Heulen eines Wolfes, der Ruf einer Eule und dazu das Rascheln der Blätter im Wind. Der dumpfe Stoß gegen eine Holzplanke ganz in der Nähe, ein Rütteln am Käfiggitter aus der entgegengesetzten Richtung. Hier schlief niemand. Es schien, als erwachten die Tiere erst in der Nacht, wenn sie unter sich waren, als wäre das ihr eigentliches Leben. Die Tage nur ein langes, sehnsüchtiges Warten auf die Nacht. Im fahlen Licht der Straßenlaternen, das über den Gehegen hing, bewegten sich ihre schwarzen Schatten, versammelten sich und gingen wieder auseinander. Sie hatten einen Weg gefunden hatten, sich untereinander zu verständigen, sie hatten lange genug Zeit dazu gehabt, in ihrem Leben in Gefangenschaft. Sie waren darauf angewiesen. Es gab eine Sprache, die sie alle verstanden, unabhängig davon, ob sie Flügel oder Flossen, Schnäbel oder reißende Gebisse hatten.

Muschalik und Kraft hockten im Götterbaum gegenüber der Grizzly-Anlage.

»Wann machst du den Honigtest?«, fragte Kraft.

»Bald.«

»Psst.«

Sie hörten plötzlich ein Schaben. Es kam aus dem Busch hinter ihnen, ein glucksendes, röchelndes Geräusch, dann ein Flattern und Kratzen, und ein Pfau pickte unten am Stamm des Götterbaums. Er sah hoch, musterte die beiden kurz mit schräg gelegtem Kopf und stolzierte dann an ihnen vorbei.

»Puh«, machte Kraft, »ich dachte schon, der Tiger sei los.«

»Du bist ein Held.«

»Ja, das bin ich wirklich«, mühelos schaffte Kraft die Überleitung, »ich habe nämlich endlich mit Rosa gesprochen, und ich habe ihr zugehört, ganz so, wie du es mir geraten hast.«

»Wann?«

»Am Sonntag. Wir haben die Kinder vor dem Fernseher sitzen lassen und uns in die Küche verzogen. Sie hat mir alles gesagt, was sie mir schon immer sagen wollte.«

»Was denn?«

»Ich muss ein ziemlicher Versager sein, vielmehr gewesen sein. Den Rest behalte ich lieber für mich, du würdest es nur irgendwann gegen mich verwenden. Aber sie gibt mir eine Chance. Sie kündigt zum Schulanfang ihren alten Job und kommt nach Köln. Das ist schon am Montag.«

»Wie hast du das geschafft? Hast du ihr gesagt, dass du sie liebst?«

»Psst.«

Sie trennten sich, als Kraft der Rücken schmerzte und die Beine einschliefen. Muschalik blieb im Götterbaum, und Kraft ging unten Streife und immer in Deckung. Einmal stolperte er über die drei Stufen, die zum Gehege hinunterführten, fiel auf die Knie und fluchte leise.

Nelly zeigte sich nicht, hatte sich in Luft aufgelöst, schwebte wie ein guter Geist über dem Grizzly. Er allein konnte sie sehen.

Manchmal ging ein Licht in einem Haus in der Stammheimer Straße an, ansonsten lagen alle Gebäude in der nächsten Nachbarschaft des Zoos im Dunkeln. Nur die Weltkugel des H.A. Schult leuchtete auf dem DEVK-Gebäude in die Nacht.

18. Kapitel

Der Schäfer gab ihr manchmal etwas zu essen ab. Er sagte, er sei der Sohn des Schäfers. Sein Vater läge krank zu Hause, und er hüte solange für ihn Schafe. Er täte es gern, Schafe zu hüten sei etwas Wunderbares. Wenn sein Vater nicht mehr gesund würde, nie mehr, dann würde er der neue Schäfer sein.

»Was soll sonst aus den Schafen werden?«

Gern hätte sie ihm von ihrem Bären erzählt.

Er las keine Zeitung, er stellte keine Fragen. Er hielt sie für eine Obdachlose, wenn es regnete, durfte sie unter seine Zeltplane kriechen. Die Schafe scharten sich um sie. Sie freundete sich mit seinem Hund an. Wenn er an ihrer Hand schnüffelte, wurde er nervös. Er roch den Bären.

Aber die Unruhe in ihr verging nicht.

Zweimal hatte sie abends vor seinem Haus gestanden und geklingelt. Zuerst am Montag. Als sie das Summen des Türöffners hörte, hatte sie schon die Hand an der Klinke, aber sie hatte nicht hineingehen können. Sie hatte auf die Tür gestarrt und sich nicht bewegen können.

Gestern nacht hatte er nicht geöffnet, dabei hatte sie sich fest vorgenommen, dieses Mal hineinzugehen und nicht wieder wegzulaufen. Vielleicht hatte er es nicht gehört, im Schlaf, vielleicht war er nicht zu Hause gewesen.

Danach war sie, wie jede Nacht, zum Grizzly gegangen. Und dort hatte sie ihn gesehen. Er saß im Baum direkt vor der Grizzly-Anlage, in einer Astgabel. Aber er war nicht allein. Der andere Polizist war bei ihm, der, mit dem sie noch kein Wort gewechselt hatte.

Wenn er allein gewesen wäre, wäre sie zu ihm gegangen.

Als sie vor der Höhlentür stand, entdeckte sie ihr rotes Halstuch, das um die Gitterstäbe gewickelt war. Sie band es los und steckte es ein, sie wollte nichts Rotes tragen, solange man sie suchte. Aber dann dachte sie, es könnte ein Köder sein, und wickelte es wieder um die Gitterstäbe. Danach war sie in die Höhle des Grizzly gekrochen, wie jede Nacht, und hatte dort an seiner Seite endlich Ruhe gefunden und Schlaf.

Und heute nacht waren die Fotos da. Aber er war wieder nicht allein. Und sie konnte nicht zu ihm gehen. Die Fotos waren kein Köder, er hatte verstanden.

Wenn sie ihn nur einmal allein antreffen würde.

19. Kapitel

Am Freitagmorgen quälte sich Muschalik aus dem Bett. Seine Augen brannten und er konnte sich kaum auf den Beinen halten. Er stattete zunächst Betty einen kurzen Besuch ab. Danach kaufte er im Supermarkt auf der Neusser Straße drei Gläser Tannenhonig.

Als er wieder zu Hause war, fiel ihm ein, dass er noch nicht wusste, wie er den Honig ins Bärengehege bekommen sollte. Glas war viel zu gefährlich für den Bären. Wenn er aber den Honig lose ins Gehege laufen ließe, würde er direkt im Wassergraben landen.

Als er über einen kleinen, rot gepunkteten Ball stolperte, den die Kinder zurückgelassen hatten, bückte er sich, hob ihn auf und drehte ihn hin und her. Er hatte im Spiel fast alle Luft verloren. Muschalik sah das kleine Loch, durch das er aufgepumpt werden konnte, und hatte eine Idee. Er setzte sich an den Küchentisch und versuchte mit einer Gabel das Loch im Ball zu vergrößern. Er stocherte so lange mit dem Zinken in der Öffnung herum, bis das Plastikmaterial an einer Stelle einriss. Nun wollte er mit einem Teelöffel Honig in den Kinderball füllen. Hose, Tisch und Hände klebten, und es war noch kein Gramm in den Ball geflossen, als es an der Tür klingelte. Frau Kruse.

»Frau Kruse, Sie schickt der Himmel«, sagte Muschalik und streckte ihr den klebrigen Kinderball hilflos entgegen, »ich muss irgendwie Honig in diesen Ball bekommen.«

Frau Kruse wunderte sich schon lange nicht mehr über das, was bei ihrem Nachbarn vorging, der sich, nachdem seine Frau ihn verlassen hatte, als Hausmann nicht gerade mit Ruhm bekleckert hatte. Seine polizeilichen Ermittlungen hatten ihn immer zu seltsamen Machenschaften getrieben. Aber noch nie wollte er Honig in einen Kinderball füllen. Sie machte auf dem Absatz kehrt. Nach ein paar Minuten kam sie mit einer Spritze ohne Nadel zurück, mit der sie ihrem Kater in regelmäßigen Abständen Wurmpaste einzuflößen hatte. Als sie sein entsetztes Gesicht sah, erklärte sie es ihm:

»Köbes würde die Wurmpaste nie freiwillig fressen.«

»Das kann ich gut verstehen.«

»Auch dann nicht, wenn ich sie unter sein Futter mische, er ist ein ganz Schlauer. Ich muss seine Schnauze mit Gewalt öffnen und ihm das Zeugs direkt in den Schlund spritzen, sodass er es nicht wieder ausspucken kann.«

»Das ist Zwangsernährung, Frau Kruse«, sagte Muschalik.

»Zwanzig Milliliter sind keine Zwangsernährung, Herr Muschalik«, verbesserte sie ihn.

Er hätte nie gedacht, dass Frau Kruse, die gute Seele, so brutal sein könne. Kein Wunder, dass Köbes misstrauisch geworden war. Er nahm sich vor, Kraft darauf hinzuweisen, dass sie den Kindern eventuell Dinge einflößen könnte, die sie nicht mochten. Frau Kruse zog fachmännisch die Spritze mit der zähen Masse auf und begann ihr Werk an dem rot gepunkteten Ball zu verrichten. Ab und zu spulte sie die Spritze mit warmem Wasser aus, was dem Honig eine flüssigere Konsistenz verschaffte. Sie war ein Profi, und Muschalik dachte an den armen Köbes.

»Eigentlich wollte ich Ihnen nur sagen, dass ich die Kinder am 13. August auf keinen Fall hüten kann«, sagte Frau Kruse, als der Ball halb gefüllt war und die drei Honiggläser leer waren. Der Ball war schwer geworden und waberte in ihrer Hand.

»Das macht doch nichts, Frau Kruse.«

»Ich bekomme dann nämlich Besuch. Meine Schwester kommt.«

»Das ist schön für Sie«, sagte Muschalik. Frau Kruse hatte noch nie Besuch bekommen, soweit er sich erinnern konnte.

»Woher wissen Sie das?«

»Ich dachte, es würde Sie freuen.«

»Nein. Das tut es nicht.«

»Verstehen Sie sich nicht gut mit Ihrer Schwester?«

»Doch. Es liegt nicht an meiner Schwester.«

Frau Kruse wollte, dass er weiterfragte.

»An wem denn?«

»Sie hat einen Hund.«

»Den Köbes wahrscheinlich nicht ausstehen kann.«

»Umgekehrt.«

»Der Hund mag den Kater nicht.«

»Nein. Ich mag den Hund nicht.«

Zum Schluss wollte Frau Kruse aber doch wissen, wozu der honiggefüllte Kinderball gut wäre. Muschalik bedauerte, ihr das nicht erklären zu dürfen, da es sich um einen nicht abgeschlossenen Fall handelte. »Nur so viel kann ich Ihnen sagen«, begann er geheimnisvoll, »er ist für einen Bären. Für einen Grizzly.«

»Für den, der die Menschen auf dem Gewissen hat?«

Wie konnte er nur geglaubt haben, Frau Kruse sei nicht auf dem neuesten Stand der Dinge.

»Ja.«

»Und zur Belohnung geben Sie ihm Honig?«, fragte sie entsetzt.

»Nein. Der Honig ist ein Lockmittel. Mehr darf ich aber wirklich nicht sagen.«

Frau Kruse zog ihre Stirn in Falten. Muschalik spielte mit dem Gedanken, sie endlich zu fragen, wie man Löcher flickt. Die olivefarbene Cordhose mit den beiden Löchern über den ausgebeulten Knien fehlte ihm. Er hatte sie immer gern getragen, sie war weit und bequem und seine Lieblingshose. Aber er wollte ihr jetzt noch nicht Rede und Antwort über die Herkunft der Löcher stehen müssen.

»Nie kann ich mich revanchieren«, sagte er stattdessen, »nicht einmal fürs Kinderhüten. Und das ist längst überfällig.«

»Doch, das könnten Sie«, erwiderte Frau Kruse prompt und klimperte mit den Wohnungsschlüsseln in der Hand.

»Sagen Sie es mir?«

»Wenn meine Schwester und der Hund da sind, könnten Sie bei mir klingeln und sagen, Hunde wären in diesem Haus nicht gestattet.«

»Aber sie sind es.«

»Sie werden merken, wenn er kommt. Er bellt in einem fort«, überging Frau Kruse seine Bedenken, »und Sie sind ja schließlich immer noch ein Kommissar, nicht wahr? Könnten Sie nicht in einer Uniform kommen?«

»Ich habe nur eine Mütze.«

»Kommen Sie in der Mütze.«

Das Telefon klingelte, Frau Kruse erschrak und lief schnell in ihre Wohnung. Sie drehte den Schlüssel zweimal um.

Lise Becker meldete sich aufgeregt am anderen Ende der Leitung. »Kannst du mal ins Präsidium kommen? Ich habe hier eine Frau Hering sitzen. Ihr Freund ist LKW-Fahrer. Er hat den Bären gefahren!«

»Und Kraft?«

»Der ist schon hier.«

* * *

Lise Becker zeigte stolz aufs Besprechungszimmer und sagte: »Fahrten aller Art und jederzeit, 335 58 40.«

Über ihrem Schreibtisch hingen Bilder von Tim und Tom, Bilder von Gesuchten und Vermissten, in rot und gelb und blau.

»Aus Köln?«

»Ja. Keine Vorwahl.«

Kraft und Frau Hering saßen im Besprechungszimmer und warteten auf ihn. Kraft hatte ihr einen Kaffee im Pappbecher spendiert, den sie in beiden Händen hielt. Sie hatte die blonden Haare hoch gesteckt und trug einen Pony bis auf Augenhöhe.

»Erzählen Sie es bitte noch einmal«, sagte Kraft zur Begrüßung.

»Wenn es sein muss«, tat Frau Hering gelangweilt, aber sie konnte ihren Stolz kaum verbergen. »Mein Freund, der Paul, Paul Dörner, ist ...«

»Wo ist er jetzt?«, unterbrach Muschalik sie sofort.

»Er ist auf Tour«, erklärte Kraft, »er muss auch jeden Moment kommen. Wir haben ihn per Funk hierher bestellt.«

»Kann ich jetzt weiterreden?«, fragte Frau Hering ungeduldig.

»Ja, bitte, nur zu.« Muschalik setzte sich.

»Paul hat einen LKW und macht Transporte aller Art, außer Fernfahrten. Nur innerhalb von Deutschland. Wir geben manchmal eine Anzeige im *Kölner Stadt-Anzeiger* auf, wenn er neue Kunden sucht. Aber nur Zweizeiler, weil das sonst zu teuer wird. Frau Luxem rief am 10. Juli an und bestellte ihn für eine Nachtfahrt am 18. Juli zum Zoo.«

»Und für welche Zeit?«

»Ein Uhr nachts. Wir haben uns erst gewundert, als sie sagte, es handele sich um einen Tiertransport. Ob Paul eine große, stabile Holzkiste organisieren könnte, in die ein Bär passt. Natürlich kann er das. Er kennt einen Spediteur, da kann man solche Kisten mieten. Er sollte in Köln einen Bär einladen und ihn nach Duisburg fahren. Sie erwartete ihn schon mit dem Bären an der Leine am Nebeneingang des

Zoos, als er kam. Dann hat sie sich zusammen mit dem Bären auf die Ladebordwand gestellt, das ist die Hebebühne des LKWs. Paul hat die beiden hoch gefahren, und dann hat sie den Bären in der Holzkiste, die im Laderaum stand, eingesperrt. Sie konnte gut mit ihm umgehen, Paul hatte keine Angst oder so, sagte er jedenfalls. Sonst hat er schon vor Hunden Angst. Ihm war zwar irgendwie klar, dass das nicht legal war, sonst hätte sie es sicher nicht ganz allein gemacht und auch nicht nachts. Aber das ging ihn ja nichts an. Sie blieb übrigens die ganze Zeit bei dem Bären im Laderaum, sie hat sich nicht neben Paul in den Fahrerraum gesetzt. Als sie in Duisburg den Bären ausgeladen hatten, sagte Frau Luxem, der Auftrag wäre noch nicht erledigt. Jetzt müsste er noch einen anderen Bären wieder zurück nach Köln fahren. Er hat das echt nicht verstanden. Wirklich nicht. Sie würde ihm einen guten Preis zahlen, sagte sie, wenn er das tun würde und den Mund darüber halten würde.«

»Wie viel?«

»Wir können Geld gut gebrauchen, wissen Sie, der LKW ist neu und noch nicht bezahlt. Da hat er nicht lange überlegt.«

»Wie viel?«

»Vier Tausender. Bar auf die Hand und im voraus. Das ist viel Geld für eine Nacht. Und nach Köln musste er doch sowieso zurück. In Köln hat sie dann den Bär wieder an der Leine vom LKW in den Zoo geführt. Tja, so war das. Aber fragen Sie mich nicht, was das sollte. Sie hat wohl einen kleinen Spleen.« Frau Hering lehnte sich zurück.

»Und Herr Dörner?«

»Paul ist nach Hause gefahren.«

»Wann war er zu Hause?«

»Weiß ich nicht, da hab ich schon geschlafen.«

Muschalik sah Kraft fragend an.

»Lise Becker hat sie über die Kleinanzeige gefunden«, erklärte Kraft.

»Ich weiß«, sagte Muschalik, »danke, dass Sie gekommen sind, Frau Hering. Warum ist Ihr Freund denn nicht von selbst zur Polizei gegangen?«

»Weiß ich nicht. Er wollte nicht.«

Lise Becker steckte den Kopf durch die Tür: »Herr Dörner ist jetzt auch hier, der LKW-Fahrer.«

»Lass ihn rein«, sagte Kraft.

»Tina, wie kommst du auf die Idee, zur Polizei zu gehen, bist du verrückt?«, platzte Dörner los und stieß Lise Becker beiseite. Er trug glänzende Cowboystiefel.

»Normal wäre ich nicht gekommen«, verteidigte sie sich, »aber sie haben mich doch angerufen. Wenn die Polizei anruft, kann man doch nicht einfach ... Dörner«, sagte er dann, »Paul Dörner.« Er krempelte die Hemdsärmel hoch, beide Unterarme waren schwarz von Tätowierungen, setzte sich und zündete eine Zigarette an. Kraft holte einen Aschenbecher.

»Ich hab schon alles erzählt«, sagte Frau Hering.

»Das habe ich befürchtet.«

»Ich hab nur gesagt, was du mir gesagt hast. Sonst nichts«, wehrte sich Tina Hering.

»Das ist es ja. Ich hatte aber meiner Kundin versprochen, den Mund zu halten. Frauen kann man nix erzählen.« Er schüttelte den Kopf.

»Schweigen für zweitausend Euro?«

»Ach, das hat sie auch erzählt?« Paul Dörner war sauer.

»Ja, warum auch nicht? Ist doch nicht meine Angelegenheit. Wenn ich jedem, den ich fahre, auf die Finger gucken würde, hätte ich viel zu tun. Sie glauben ja nicht, was die Leute so alles transportiert haben wollen. Aber mir ist das egal. Ich fahre alles. Das ist mein Job.«

»Kommen wir jetzt in die Zeitung?«, fragte Tina Hering und beugte sich vor.

»Wollen Sie denn in die Zeitung?«, wollte Kraft wissen.

»Aber klar. Eine Belohnung gibt's wohl nicht, oder?«

»Nein. Wofür auch? Nur, wenn es in der Zeitung steht, müssen Sie die zweitausend Euro auch beim Finanzamt angeben«, erinnerte Kraft die beiden.

»Das hätten wir sowieso gemacht«, beteuerte Paul Döring.

»Wann waren Sie denn wieder zu Hause?«

»Kurz nach drei am Morgen.«

»Sie können gehen«, sagte Kraft, ohne eine Miene zu verziehen.

Paul Dörner nahm seine Zigaretten und ging ins Sekretariat, seine Cowboystiefel klackten bei jedem Schritt auf dem Linoleum, Tina Hering folgte ihm, und sie gaben ihre Personalien bei Lise Becker an. Tina Hering fragte noch einmal nach der Zeitung.

Muschalik und Kraft blieben allein im Besprechungszimmer zurück. Kraft schloss die Tür und sagte: »Immerhin. Ein Teilergebnis. Jetzt haben wir von Zooeingang zu Zooeingang und wieder zurück einen ziemlich glaubwürdigen Zeugen.«

Kraft zerlegte einen Kugelschreiber in seine Einzelteile, und Muschalik verbog einen großen Teil der Büroklammern, die in der kleinen Schale auf dem Tisch lagen.

»Ja, aber Frau Kruse hat den Ball deiner Kinder umsonst mit Honig gefüllt. Eine Schande«, beschwerte sich Muschalik, erzählte Kraft von der Wurmpastenspritze und warnte ihn wegen der Zwangsernährung, die eventuell auf seine Kinder zukommen könnte.

»Eine clevere Idee«, lobte Kraft ihn großmütig, »eigentlich viel zu clever, um sie fallen zu lassen.«

»Das habe ich auch nicht vor. Ich bin jedenfalls nächste Nacht im Zoo.«

»Viel Spaß.«

Die Einzelteile des Kugelschreibers passten nicht mehr zusammen, und die Büroklammern waren nicht mehr zu gebrauchen.

»Von der Bärenpflegerin immer noch keine Spur?«, fragte Lise Becker Muschalik. Seit er wieder im Dienst war, überging sie Kraft.

»Nein«, seufzte er.

»Die wird schon noch kommen. Willst du meine Theorie hören?«

»Ja, immer.«

Lise Becker war überzeugt, dass der Grizzly Ben Krämer getötet hatte, weil dieser seine über alles geliebte Pflegerin Nelly gequält hätte. »Er hat sie verteidigt, ganz einfach.«

»Aber wenn überhaupt, dann hat er Nelly nicht körperlich gequält, dann hättest du vielleicht Recht, sondern höchstens psychisch unter Druck gesetzt«, gab Muschalik zu bedenken.

»Na und? Alles ist immer irgendwie psychisch«, sagte Lise Becker.

»Ja, mag sein, aber ich glaube nicht, dass ein Bär das bemerken würde.«

»Nicht irgendein Bär«, sagte Lise Becker und schüttelte den Kopf, »aber *ihr* Bär.

»Vielleicht hast du Recht.«

»Natürlich habe ich Recht. Aber außer dir hört mir hier keiner zu.«

Kraft hatte die beiden beobachtet, vom einen zum anderen gesehen und sich an dem Gespräch nicht beteiligt.

Lise Becker wollte Muschaliks Hand nicht loslassen, als er sich verabschiedete: »Solange der Fall nicht abgeschlossen ist, kommst du wenigstens manchmal vorbei. Das ist das Gute daran.«

»Ich weiß nicht, ob das gut für ihn ist«, meldete sich Kraft und hielt Muschalik die Tür auf.

Als sie den langen Flur hinunter zum Ausgang gingen, fiel Muschalik auf, dass an seiner ehemaligen Bürotür immer noch nicht Krafts Namensschild hing.

»Das ist Niemandsland«, sagte Kraft, »geh ruhig hinein. Es ist nicht mehr deines und noch nicht meines. Ich mag nichts daran ändern, solange du noch arbeitest.«

Für einen kurzen Augenblick setzte Muschalik sich auf den ausgeleierten Drehstuhl, legte seine karierte Schirmmütze auf den Schreibtisch neben den neuen Computer und sah aus dem Fenster. Der Blick hinaus weckte Erinnerungen. Aber sie stimmten ihn nicht wehmütig. Hier wollte er um keinen Preis noch einmal sitzen – und womöglich zusammen mit einem Computer. Der Fall Nelly Luxem war ihm wie eine ungebetene Zugabe in den Schoß gefallen, ein Überhang sozusagen. Er hatte seinen Beruf mit seinem Hobby verbinden können, als sollte ihm sein Neuanfang so leichter gemacht werden. Ein Bein in der Vergangenheit und eines in der Zukunft, ein fast unmöglicher Spagat. Er hätte besser einen richtigen Schnitt machen sollen, zwischen seinem alten und seinem neuen Leben.

Nicht alles ließ sich planen.

»Vielleicht lass ich alles, wie es ist«, hörte er Kraft sagen.

20. Kapitel

Noch in derselben Nacht flog ein rot gepunkteter, honiggefüllter Kinderball in das Revier des Grizzly. Er rollte über den Boden und blieb an einem Felsbrocken hängen.

Träge kroch der Grizzly nach einer Weile aus seiner Höhle. Muschalik sah seinen riesigen Schatten suchend durch das Gehege streifen. Er grunzte und schnaufte, er hatte Witterung aufgenommen und folgte der Spur. Als er auf den Ball stieß, nahm er ihn zwischen beide Tatzen und drückte eine ordentlich Portion der klebrigen Köstlichkeit heraus. Der Ball gab mit blubbernden Geräuschen die zähe Flüssigkeit von sich. Dann wurde der Bär wild, raste vor Wonne und tobte mit dem Ball durch sein Revier. Er nieste und schnaubte und war ganz irre vor Freude über das nächtliche Dessert. Noch nie hatte Muschalik den Grizzly so beweglich und übermütig gesehen. Als der Ball ins Wasser rollte, warf er sich ohne zu zögern in die Wellen und rettete das kostbare Gefäß an Land.

Muschalik sah sich um. Gegenüber auf der Riehler Straße leuchtete die Weltkugel des H.A. Schult. In einigen Fenstern auf der Stammheimer Straße brannte Licht. In dieser Ecke von Köln gibt es kein Nachtleben, auch nicht in einer Samstagnacht. Aber irgendjemand ist immer wach. Im nächsten Augenblick löste sich ein Schatten aus der Dunkelheit. Sie stand plötzlich neben ihm, er hatte ihre Schritte nicht gehört.

»Ich bin froh, Sie zu sehen«, sagte er erschrocken und erleichtert zugleich, »wo waren Sie nur die ganze Zeit?«

»Tagsüber am Rhein und nachts hier«, sagte sie.

Und als er ihr von den Nachtwachen erzählte, sagte sie: »Ich weiß.«

»Sie haben uns beobachtet?«

»Ich war in seiner Höhle.«

»Sie haben in seiner Höhle geschlafen?«, fragte Muschalik entsetzt.

»Ja, natürlich.«

Muschalik fand es absolut nicht natürlich, in einer Grizzly-Höhle zu schlafen. Da würde er lieber unter den Rheinbrücken nächtigen oder auf der Domplatte, überall. Nur nicht Seite an Seite mit einem über 400 Kilogramm schweren Koloss, der nicht gut sehen und hören kann. Und der manchmal aus Versehen Menschen tötet.

»Wie lange kennen Sie Kaspar schon?«, fragte Muschalik.

Sie stolperte nicht über den Namen Kaspar.

»Seit über zwölf Jahren.«

»Der Ball ist mit Honig gefüllt«, erklärte er stolz und hoffte, dass sie fragen würde, wie ihm das gelungen sei, aber er wartete umsonst.

»Er liebt Honig.«

»Dann ist es wirklich wahr?«

Vielleicht, weil Bewunderung in seiner Stimme lag oder vielleicht, weil das Vertrauen, dass sie vor dem Unglück zu ihm gefasst hatte, noch nicht ganz verloren war, begann sie zu erzählen. »Ja. Ich habe Jonny und Kaspar in der Nacht zum 19. Juli ausgetauscht.«

»Ganz einfach.« Muschalik lächelte ihr aufmunternd zu.

»Ganz einfach war es nicht, ich musste aufpassen, dass sich die Grizzlys nicht begegneten. Es sind beides männliche Tiere, gleich alt, gleich stark. Sie hätten sofort einen Kampf begonnen, und ich hätte sie nicht mehr auseinander bekommen. Ich sperrte Kaspar zuerst in seine Höhle, bevor ich Jonny in sein neues Gehege ließ, damit sie sich nicht treffen konnten.«

»Und der Fahrer?«

»Der machte sich auf den Heimweg.«

»Und Ben Krämer?«

»Er hat dort oben auf der Mauer gestanden, als ich mit Kaspar zurückkam. Er stand da mit seiner Kamera und machte Fotos von ihm und mir. Vielleicht hat er auch vorher schon da gestanden. Ich weiß es nicht. Ich habe mich nicht umgesehen. Ich habe so getan, als hätte ich ihn nicht gesehen. Ich habe Kaspar in sein neues Gehege gesperrt und wollte gehen. Plötzlich ist Ben Krämer zusammengesackt. Ohne Grund, er stand ganz sicher vorher, er stolperte nicht, er verlor nicht das Gleichgewicht. Er sackte nur zusammen und fiel kopfüber ins Bärengehege. Er schrie nicht einmal. Es gab nur ein dumpfes Geräusch, als er auf dem Boden aufschlug. Kaspar war nervös von der Reise. Er hat sich auf ihn gestürzt. Es ging alles ganz schnell.«

Nelly sprach langsam und abgehackt, als koste jeder Buchstabe sie Überwindung, und jeder angefangene Satz schien ein Berg, den sie bezwingen musste.

»Aber da war er wahrscheinlich schon tot.«

Nelly sah ihn zweifelnd an.

»Wir haben eine Patrone gefunden. Wir können zwar nicht beweisen, dass sie ihn getötet hat, aber wir gehen davon aus. Und Jartmann?«

»Als ich nach der Schiffstour um Mitternacht in den Zoo kam, sah ich ihn. Er hatte wohl auf mich gewartet. Er fing eine Diskussion an, einen Streit wegen Ben Krämer. Er sagte, ich hätte ihn ins Bärengehege geworfen. Er sagte es immer wieder, und er hörte nicht auf.«

»Wie kam er darauf?«

»Er sagte, wer einmal einen Mord begeht, der tut es wieder.«

»Was meinte er damit?«

Sie presste die Lippen aufeinander. Muschalik wartete und fragte schließlich:

»Albert?«

Sie nickte.

»Albert und wie weiter?«

»Schneider.«

»Wo wohnt er?«

»Ich weiß es nicht. Aber ich habe ihn nicht umgebracht.«

»Ihre ehemaligen Nachbarn in Duisburg sind aber der Meinung.«

»Ich weiß. Aber ich habe es nicht getan. Es ist so leicht jemandem etwas anzuhängen.«

»Das ist wahr. Hätten Sie denn einen Grund gehabt?«

»Vielleicht.«

»Was hat er Ihnen angetan?«

»Es ist so schwer zu beschreiben. Er hat mich nicht geschlagen, wenn Sie das meinen. Nein, das hat er nicht. Er hat mich ...«

»Ich werde ihn finden«, versprach Muschalik.

Nach einer Weile kam sie auf Jartmann zurück: »Ich wurde wahnsinnig vor Angst, ich konnte das Gegenteil nicht beweisen. Da packte ich ihn, habe ihn geschüttelt, damit er endlich den Mund hält. Aber er hat immer weiter geredet, er hat nicht aufgehört. Ich legte meine Hände um seinen Hals. Ich wollte ihn nicht töten, das müssen Sie mir glauben. Ich wollte nur, dass er endlich still ist.

Plötzlich sackte er zusammen und rührte sich nicht mehr. Er war tot. Ich habe ihn getötet. In meiner Angst warf ich ihn ins Bärengehege. Ich habe gehofft, Kaspar würde ihn zerfetzen, so wie er es mit Ben Krämer getan hatte, und niemand würde sehen, dass ich ihn erwürgt hatte. Aber Kaspar war nicht sonderlich an ihm interessiert. Er hat nur ein paar Mal mit den Tatzen nach ihm geschlagen und ihn dann liegen gelassen.«

»Auch Jartmann ist erschossen worden«, sagte Muschalik, »Sie haben ihn nicht getötet.«

»Wie kommen Sie darauf? Erwürgt wurde er. Von mir.«

»Er hatte zwar Würgemale, der Gerichtsmediziner hat sie gefunden, aber er ist nicht daran gestorben. Er wurde erschossen, so wie wahrscheinlich auch Ben Krämer.«

»Erschossen? Beide? Wer sollte das getan haben?«

»Das frage ich Sie. Sie waren dabei.«

Plötzlich war ein Sirren in der Luft, ein Luftzug ganz nah an seinem rechten Ohr, von der Bruchsteinmauer her hörte er ein Splittern, einen heulenden Ton wie von einem Querschläger, alles gleichzeitig.

Muschalik hielt sein Ohr, heiß wurde es in seinem Bauch, kein Blut im Kopf, nur Hitze und Schwindel, alle Sinne betäubt. Er sah nichts mehr, taumelte, verlor das Gleichgewicht, stolperte. Sie fing ihn auf, hielt ihn fest, er drückte sich an sie. In der nächsten Minute ließ sie ihn entsetzt los, stieß ihn von sich und trat einen Schritt zurück. Muschalik griff wieder nach ihr, riss sie zu Boden. Sie rollten die drei Stufen zur Bärenanlage herunter und lagen schließlich an die Mauer gepresst eng aneinander im Staub. Er holte seine Waffe aus der Innentasche seines Blousons und bereitete sich vor. Sein Herz raste, schlug rückwärts, setzte aus. Ich bin zu alt für so was, dachte er keuchend, ich halte das nicht durch.

Es vergingen Minuten, in denen sie nicht sprachen. Sie bewegten sich nicht, wagten kaum zu atmen. Muschalik versuchte die Gedanken, die in seinem Kopf hin und her flogen, festzuhalten. Er brauchte einen Polizeiwagen, um Nelly sicher nach Hause zu bringen, ein Einsatzkommando, um den Zoo zu durchkämmen, und zwei bis drei Streifenwagen sollten die nähere Umgebung abfahren.

Er tastete nach seinem Handy in der Hosentasche.

Er hoffte inständig, dass der Schlaf Professor Nogge übermannt und er den Schuss überhört habe und jetzt nicht mit schlafwandlerischer Sicherheit in die Schusslinie gelaufen käme. In der gelben Villa blieb es ruhig.

In Deckung schlichen sie zum Ausgang. Erst vor dem Tor holte er tief Luft. So nah am Tod war er nicht oft gewesen, vielleicht drei- oder viermal in seiner Laufbahn. Seine Hände zitterten, als er den Notruf in sein Handy eintippte. Sein Herz wollte sich nicht beruhigen. Seine Lippen waren trocken, und seine Stimme klang fremd und weit entfernt. Das Hemd klebte an seinem Rücken, sein Nacken brannte.

»Wenn Sie mir versprechen, nicht wieder wegzulaufen, lasse ich Sie nach Hause bringen«, sagte er stockend.

»Ich laufe nicht mehr weg«, sagte sie, »Sie sagen ja, ich hätte niemanden umgebracht.«

»Morgen früh müssen Sie ins Präsidium kommen, um Ihre Aussage zu Protokoll zu geben.«

Nelly presste die Lippen aufeinander.

»Ich kann Sie abholen«, bot er an.

»Nein. Ich komme.«

Vor ihnen tauchten die fünf Polizeiwagen und der Mannschaftswagen, die er ohne Blaulicht und Sirene vor den Zoo bestellt hatte, plötzlich aus der Dunkelheit auf, und er gab flüsternd seine Anweisungen und die Fahndung nach Albert Schneider durch. Vier von ihnen verteilten sich im Viertel, machten sich mit Standlicht und heruntergedrehtem Motor auf den Weg, die Umgebung nach Auffälligkeiten abzusuchen. Die Mannschaft schlich in den Zoo. Der fünfte Polizeiwagen sollte Nelly nach Hause bringen.

Er selbst wollte sich dem Zoo-Kommando anschließen und Professor Nogge warnen. Aber als er Nelly einsteigen sah, änderte er seine Meinung: Das Sirren war noch in der Luft, der Luftzug noch an seinem Ohr, das Geräusch des Einschlages näher und lauter als vorhin.

Er stieg zu ihr. Sie saßen nebeneinander auf dem Rücksitz. Als der Polizeiwagen in der Barbarastrasse hielt, berührte sie für einen kurzen Moment seine Hand, aber sie zog sie sofort zurück, als er danach greifen wollte, und sie verfehlten sich.

21. Kapitel

Am Samstagmorgen beorderte Muschalik in aller Frühe die Spurensicherung zur Bärenanlage.

»Schon wieder?«, fragte einer der Kollegen genervt.

Als er selbst im Zoo eintraf, waren sie schon fündig geworden. Sie hatten ein Einschussloch in der Bruchsteinmauer gefunden, einige Steine waren abgesplittert, eine Patrone lag wenige Meter entfernt in der Bärenanlage. Und wieder suchten sie offensichtlich vergeblich nach einer Patronenhülse.

Kraft und Professor Nogge stießen zu ihnen. Einer von der Spurensicherung kam mit einem rotgepunkteten Kinderball in den Händen zu Muschalik.

»Seltsam. Der Ball muss voller Honig gewesen. Er klebt entsetzlich. Was soll das denn bedeuten?«

»Weiß ich nicht«, sagte Muschalik.

»Sollen wir den auch untersuchen?«

»Nein.«

»Und wir haben wieder Kaliber 7,62«, fuhr er fort, »es gibt außerdem Anzeichen für eine abfallende Schusslinie, das heißt das Einschussloch verläuft von oben nach unten.«

Muschalik nickte und sah sich um. Zwei Geparden lagen regungslos auf ihren Savannenhügeln, ihre Augen verfolgten jeden Schritt des Suchtrupps. Der Schuss konnte also nur von der gegenüberliegenden Seite und aus einer gewissen Höhe gekommen sein: aus den Bäumen vor dem Lemurenhaus, von seinen halbkugeligen Außenkäfigen oder vom Dach des Giraffenhauses aus, eventuell vom Dach des Restaurants. Während er der Spurensicherung den Auftrag gab, diese möglichen Orte zu untersuchen, blitzte etwas in seinen Augenwinkeln auf. Irritiert rieb er sich das Auge und sah hoch.

Im obersten Stockwerk eines Hauses auf der Stammheimer Straße blitzte es wieder in der Sonne auf. Glas in der Sonne blendete ihn. Zwei Gläser. Ein Fernglas.

»Olaf, wir werden beobachtet. Sieh dich unauffällig um.«

»Meinst du die Geparden?«

»Nein, von der Stammheimer Straße aus, sieh hoch.«

Es war das einzige Haus, das einen freien Blick auf das Bärengehege hatte. Allen anderen Häusern versperrten hohe, alte Bäume mit ihren ausladenden Zweigen und einem üppigen Blätterwald die Sicht. Nur von diesem einen Haus konnte man durch eine Baulücke direkt in den Zoo sehen. Von allen Stockwerken. Es war das rote Haus.

* * *

Kurz nach sieben Uhr standen Muschalik und Kraft vor der Nummer 84 in der Stammheimer Straße. Als sie klingeln wollten, öffnete sich die Haustür und der Krankenpfleger Thomas Berger kam ihnen entgegen. Muschalik stellte ihm Kraft vor und fragte: »Sie hier, um diese Uhrzeit?«

Berger zeigte auf eine Einkaufstasche und sagte: »Ich habe Frau Heimbach nur etwas Wäsche geholt. Sie ist immer noch im Krankenhaus.«

»Haben Sie einen Moment Zeit für uns?«, fragte Kraft.

Berger sah auf die Uhr. »Eigentlich nicht, ich habe einen dringenden Termin. Morgens ist es immer ziemlich eng.«

»Den müssen Sie verlegen. Tut uns Leid, aber es geht nicht anders.« Kraft drängte Berger zurück in den Flur, folgte ihm ganz dicht die Treppe hinauf und winkte Muschalik, sich zu beeilen.

In der Wohnung angekommen, machte Berger keine Anstalten, seinen Termin abzusagen. »Darf ich Ihnen einen

Kaffee anbieten?« Er legte seinen Kopf schief und sah auf Krafts Schulter.

»Gerne.«

Neben dem Wohnzimmerfenster entdeckte Muschalik eine aufgeklappte Couch, die ihm bei seinem ersten Besuch nicht aufgefallen war. »Haben Sie vorhin hier am Fenster gestanden?«, fragte er.

»Ja. Ist das verboten?« Berger sah weder Kraft noch Muschalik an, sondern blickte exakt zwischen ihnen hindurch.

»Nein. Dann haben Sie uns also gesehen?«

»Ja.«

»Haben Sie gestern nacht auch hier gestanden?«

»Natürlich nicht. Ich wohne hier nicht, wie ich Ihnen bereits sagte.« Berger stand am Herd und kochte Kaffee. Es gab keine Kaffeemaschine, er filterte ihn von Hand.

»Wollen Sie nicht wissen, was wir da unten gemacht haben?«

»Eigentlich nicht.« Als Berger den Kühlschrank öffnete, um Kaffeemilch herauszuholen, sah Muschalik, dass er gut bestückt war. Berger stellte drei Kaffeetassen auf den Tisch, Zucker und Milch. Er goss den Kaffee ein und sagte: »Bedienen Sie sich.«

»Ich sag's Ihnen trotzdem«, begann Kraft, »letzte Nacht ist wieder ein Schuss im Zoo gefallen ist. Und wir sind wieder einmal auf der Suche nach Zeugen.«

»Tut mir Leid. Ich habe wirklich nichts gesehen«, sagte Berger. »Ich kann Ihnen nicht helfen.«

»Schade«, sagte Muschalik.

»Waren sie denn inzwischen mal bei Herrn Liebinger?«, fragte Berger.

»Allerdings. Ich bitte Sie, er ist ein etwas debiler Schützenbruder.«

»Eben.«

»Mit nicht schussfähigen Waffen.«

»Oh, das wusste ich nicht.«

»Gehen wir?«, fragte Kraft Muschalik, der nickte.

Berger schien erleichtert, räumte die Kaffeetassen schnell wieder in die Spüle und wollte die beiden Polizisten zur Haustür bringen. In der quadratischen Diele blieb Muschalik stehen. Neben der Eingangstür fiel ihm ein Paar Herrenschuhe auf. Außer der Eingangstür, der Tür zum Bad und der zur Wohnküche, gab es eine vierte Tür.

»Führt diese Tür zu Frau Heimbachs Schlafzimmer?«, fragte er und klopfte mit dem Zeigefinger dagegen.

»Diese Tür?«, fragte Berger unsicher nach und starrte auf den Boden.

»Ja. Können wir es kurz sehen?«

»Warum?«

»Wir würden gern wissen, was man von dort aus sehen kann.«

»Auch den Zoo«, antwortete Berger ungeduldig.

»Dürfen wir uns davon selbst überzeugen?«

»Ungern. Ich weiß nicht, ob das Frau Heimbach recht wäre. Aber wenn Sie darauf bestehen.«

Behutsam öffnete Berger die Tür, als könnte er jemanden stören. Er schob sie nur einen Spalt weit auf. Kraft sah über seinen Kopf hinweg, aber Muschalik konnte nichts erkennen.

»Entschuldigung«, sagte Muschalik, drängte Berger beiseite und öffnete die Türe weit.

Es war ein Zimmer mit einem Bett, einem Nachttisch, einem Schrank und einem Balkon. Berger zog die Gardinen beiseite, und Kraft und Muschalik traten näher. Muschalik versuchte die Balkontür zu öffnen, aber sie war verschlossen.

»Würden Sie den Schlüssel holen?«

Berger hatte den Schlüssel in der Hosentasche.

Muschalik trat auf den Balkon und sah auf die Bärenanlage. Der Grizzly war wieder in seine Höhle eingesperrt, die polizeilichen Ermittlungen waren in vollem Gange. Muschalik erkannte van Dörben, Professor Nogge und Mattis, die Männer von der Spurensicherung irrten in ihren weißen Papieranzügen wie Gespenster durch den Zoo. Ab und zu drang das seltsame Grunzen oder Schnauben eines Tieres zu ihnen hoch. Ein Auto hupte, Räder quietschten. Und über ihnen donnerte ein Flugzeug Richtung Süden.

»Der Balkon ist schön«, sagte Muschalik und streckte seine Nase witternd in die Luft, »es riecht nach Zoo.«

»Bitte«, drängte Berger, »Sie haben gesehen, was Sie sehen wollten.«

»Ich wünschte, ich hätte einen Balkon, von der Aussicht ganz zu schweigen. Ich würde ihn nicht abschließen. Ich säße immerzu drauf.«

Berger stand im Türrahmen und schickte ein zaghaftes Lächeln auf die Reise. Mit dem Schlüssel in der Hand wartete er. Muschalik hielt sich am Türrahmen fest, um über die kleine Stufe, die vom Balkon in das leere Zimmer führte, zu steigen, als er einen schmalen schwarzen Koffer entdeckte, der hochkant hinter der zusammengeschobenen Gardine stand. Er hob die Gardine hoch und fragte: »Was ist das?«

»Ein Koffer, wie Sie sehen.«

»Ein seltsames Format. Was ist darin, wenn ich fragen darf?«

»Keine Ahnung. Er gehört Frau Heimbach.«

Muschalik hob den Koffer hoch. Er war sehr schwer und hatte nur ein einziges Schloss an der Längsseite. Bevor Berger antworten konnte, legte Muschalik den Koffer flach auf den Boden, das Schloss schnappte auf, und er schob den Deckel langsam hoch.

Es war ein Gewehr. Ein sauber zerlegtes G 3 mit Zielfernrohr, Schalldämpfer und Restlichtverstärker, in nato-oliv, gereinigt, poliert und frisch geölt.

»Der Bengalgeier«, murmelte Muschalik betroffen.

Die Bettcouch, der volle Kühlschrank, die Schuhe, das Gewehr, alles schien auf einmal zusammenzupassen. Es dauerte eine Minute, ehe er sich wieder fing und sagen konnte: »Sie wohnen also hier.«

»Nein, nein. Nur vorübergehend«, gab Berger zögernd zu, »bis Frau Heimbach aus dem Krankenhaus zurückkehrt. Ich habe selbst nur ein möbliertes Zimmer, hier ist es etwas bequemer, und Frau Heimbach hat nichts dagegen.«

»Sie wollen mir doch nicht erzählen, dass das Gewehr Frau Heimbach gehört?«

Berger lächelte schief.

»Waren Sie bei der Bundeswehr?«

»Ja. Ich war Zeitsoldat, bevor ich Krankenpfleger wurde. Ich hatte mich für zwölf Jahre verpflichtet, habe im Sanitätsdienst gearbeitet.«

»Und da war ein Gewehr zu viel? Haben Sie überhaupt einen Waffenschein?«, fragte Muschalik.

»Nein. Ich habe nicht einmal Patronen. Das Gewehr ist ein Erinnerungsstück.«

»Mit Schalldämpfer und Restlichtverstärker? Wollen Sie uns für dumm verkaufen?«

»Ich habe ein bisschen herumgebastelt. Ich war gerne Soldat. Aber das ist lange her.«

»Und warum steht es hier?«

»Würden Sie ein Gewehr in einem möblierten Zimmer zurücklassen? Ich habe ganz vergessen, dass es dort steht, sonst hätte ich es besser versteckt. Jetzt werden Sie denken ...«

»... was für ein Zufall, dass die drei Patronen, die wir gefunden gaben, durchaus aus einem Gewehr wie diesem stammen können, nicht wahr?«

»Ja, das wäre tatsächlich ein sonderbarer Zufall. Kommissar Zufall, wie man so schön sagt.«

»Wie heißen Sie noch mal?«, fragte Muschalik.

»Was soll diese Frage?«

»Wie Sie heißen, will ich wissen?«

»Thomas Berger. Was haben Sie nur?«

»Na, dann zeigen Sie uns mal Ihre Papiere«, sagte Kraft und streckte die Hand aus.

»Die hab ich nicht bei mir. Sie sind in meinem Zimmer.«

»Sie heißen nicht zufällig Albert Schneider?«

Berger lachte und warf den Kopf zurück. »Wer soll das denn sein?«

»Jetzt reicht es mir.« Muschalik wurde wütend, ließ den Kofferdeckel herunterfallen. »Wir nehmen Sie mit ins Präsidium und klären da alles ab.«

»Wieso?« Berger schien nicht zu verstehen.

»Waffendiebstahl oder Schwarzhandel, illegaler Waffenbesitz, und für unseren Ballistiker ist es ein Kinderspiel, festzustellen, ob alle drei Patronen aus diesem Gewehr stammen. Sie sind auf jeden Fall jetzt erst einmal weg vom Fenster!«

Die Papiere, die Muschalik und Kraft aus Bergers möbliertem Zimmer holten, wiesen ihn eindeutig als Thomas Berger aus. Aber Ausweise können gefälscht sein, dachte Muschalik. Seine Examenspapiere und seine Legitimation zum Krankenpfleger konnte Berger nicht finden.

Als sie im Präsidium den langen, schwach beleuchteten Flur zu ihrem Büro entlanggingen, bog am anderen Ende in gut fünfzig Meter Entfernung ein Schatten um die Ecke, ein großer Schatten, zwischen zwei anderen Personen. Die Gesichter lagen im Halbdunkel und waren nicht zu erkennen. Aber Muschalik erkannte Nelly, der Gang des Sohlengängers verriet sie. Die drei Schatten kamen näher, Kraft ging weiter voraus und hatte Berger im Schlepptau. Muschalik blieb hinter den beiden zurück. Er spürte, wie seine Anspannung zunahm. Jetzt, jetzt musste es passieren.

Aber als Nelly Luxem und Thomas Berger auf gleicher Höhe waren passierte nichts. Nelly ging ohne Thomas Berger anzusehen weiter. Und Thomas Berger würdigte Nelly keines Blickes. Sie trug ihr rotes Halstuch wieder und schien noch größer und kräftiger zu sein als sonst.

Muschalik geriet in Panik.

Ein Polizist verließ sein Büro und für keinen kurzen Augenblick fiel Tageslicht in einem hellen Rechteck auf den Fußboden.

Thomas Berger legte im Sekretariat der Mordkommission seinen Personalausweis auf Lise Beckers Schreibtisch.

»Lass ihn bitte überprüfen«, sagte Muschalik, und Lise Becker verließ den Raum.

Kraft und Muschalik setzten sich und ließen Thomas Berger stehen. Nellys Protokoll lag neben Lise Beckers Computer. Muschalik warf einen kurzen Blick darauf und blieb an der Unterschrift hängen. Ihre Schrift war wellenförmig, Vor- und Zuname waren zusammengeschrieben, und es gab keinen großen Anfangsbuchstaben. Muschalik nickte Kraft zu und brachte dann den Gewehrkoffer zu Kai.

Kai steckte das zerlegte Gewehr zusammen, schraubte den Restlichtverstärker und das Zielfernrohr auf und sagte bewundernd: »Eine Meisterarbeit.«

»Wie lange dauert es, herauszufinden, ob die drei Patronen, die ich dir gebracht habe, zu diesem Gewehr gehören?«

»So lange, wie es dauert, einen weiteren Schuss abzugeben und die Kratzspuren auf den Patronen unter dem Mikroskop miteinander zu vergleichen.«

»Hoffentlich ist überhaupt noch eine Patrone drin. Ich habe nicht nachgesehen.«

Kai zog das Magazin heraus. Es war leer.

»Mist«, fluchte Muschalik.

»Warte«, Kai steckte den kleinen Finger ins Patronenlager, »eine ist noch da.«

»Dann beeil dich. Ich bin oben im Sekretariat. Ruf mich an«, sagte Muschalik und war schon wieder auf dem Weg.

»Theo hat die Ergebnisse der Blutuntersuchung«, rief Kai hinter ihm her, »das Blut, das vor und in der Bärenanlage gefunden worden war, war Jartmanns Blut.«

Muschalik wurde mulmig zumute. Um ein Haar hätte Theo sein Blut untersuchen müssen.

Als er wieder im Sekretariat erschien, war auch Lise Becker zurück. »Der Ausweis ist in Ordnung«, sagte sie.

Muschalik konnte es nicht glauben. »Sind die Kollegen sicher?«

»Ja.«

»Das kann nicht sein«, rief er und schlug mit der Faust auf den Schreibtisch. Er war noch nie so sicher gewesen, den Richtigen zu haben. Alles hatte gepasst. »Das glaub ich einfach nicht.« Berger *musste* Schneider sein. Er wurde fast wahnsinnig vor Wut und Enttäuschung und lief im Büro ungeduldig auf und ab. Endlich ließ er sich schnaubend auf einen Bürostuhl fallen und sank in sich zusammen.

»Pech«, sagte Kraft und holte tief Luft.

Berger grinste wieder.

»Dann legen Sie mal los. Wir sind ganz Ohr.«

»Warte noch. Kai muss jeden Moment anrufen«, sagte Muschalik und atmete schwer.

Kraft nickte.

Minutenlang war es still im Sekretariat.

»In welchem Krankenhaus liegt eigentlich Frau Heimbach?«, fragte Kraft plötzlich, und alle zuckten zusammen.

»In der Uni-Klinik«, sagte Berger.

»Welche Station?«

»Geriatrie.«

»Lise, würdest du dort inzwischen anrufen und nach Frau Heimbach fragen? Dann können wir das schon mal abklären.«

Lise suchte die Telefonnummer heraus, während Muschalik und Kraft Berger nicht aus den Augen ließen. Langsam begann er sich unwohl zu fühlen, trat von einem Bein aufs andere und wusste nicht, wohin mit den Händen.

»Den Anruf können Sie sich sparen«, sagte Berger schließlich und Lise klappte das Telefonbuch zu, »sie ist vor einer Woche gestorben. Sie war überfällig.«

Angewidert bemerkte Muschalik den verächtlichen Ausdruck *überfällig* und sagte: Als ich sie, warten Sie mal, am ... ja, am 27. Juli besucht habe, ging es ihr aber recht gut.«

»Das geht manchmal schnell, von einem Tag auf den anderen.«

»Haben Sie nachgeholfen?«

»Wie kommen Sie darauf?«

»Wäre doch immerhin möglich. Lise, ruf bitte trotzdem an und lass es dir bestätigen. Und frag nach, ob an Frau Heimbachs Gesundheitszustand irgendetwas Auffälliges war.«

Lise griff wieder zum Telefonbuch, als es klingelte. Kraft nahm ab und schaltete den Lautsprecher ein. Es war Kai.

»Lorenz, bist du da? Es handelt sich hier um insgesamt vier NATO-Patronen vom gleichen Kaliber, 7,62 mm mal 51 mm. Sie haben alle die gleiche Art Kratzspuren, das heißt, sie stammen alle aus dem G 3, das du mir gebracht hat. Definitiv. Habt Ihr den Täter da oben sitzen? Ich hätte da eine Frage ...«

»Keine Zeit.« Kraft legte einfach den Hörer auf und wandte sich wieder Berger zu, der unbeeindruckt schien.

»Sie haben also Ben Krämer, Thomas Jartmann und beinahe einen Polizisten erschossen. Warum?«

Berger wand sich, suchte nach einer Antwort und sagte dann zögernd: »Ich hatte einen Auftrag.«

»Von Albert Schneider?«, fragte Muschalik.

»Okay. Wenn ich sitzen muss, dann er auch. Ja, dieses Mal haben Sie Recht. Von Albert Schneider. Aber fragen Sie mich nicht, warum.«

»Was sollten Sie tun?«

»Jeden Mann, der ihr zu nahe kam, erschießen.«

»Jeden?«

»Nein, natürlich nicht, aber mir kam es fast so vor. Er hat mir vorher Personenbeschreibungen gegeben.«

»Also sind Sie ein angeheuerter Mörder?«

»Das hört sich ja gefährlich an«, lächelte Berger, »Sie übertreiben. Ich war ihm einen Gefallen schuldig.«

»Einen Gefallen? Zwei Morde nennen sie einen Gefallen?«

»Ja.«

»Wofür?«

»Das geht Sie nun wirklich nichts an.«

»Und ob.«

Berger scharrte mit den Füßen auf dem Boden. »Er hat mich mal aus der Bredouille gerettet. Eine rein finanzielle Angelegenheit, eigentlich nicht weiter aufregend. Aufregend daran sind nur die Zahlen. Ich werde dann später meinen Verteidiger fragen, ob ich hierzu noch genauer werden muss.«

»Wo ist Albert Schneider?«, fragte Muschalik weiter und unterdrückte den heftigen Wunsch, Bergers Lächeln zu ersticken.

»Das wüsste ich auch gern.«

»Dann sagen Sie uns wenigstens, wie er aussieht.«

»Er ist ein Niemand und ein Nichts. Aber er hat ein verstümmeltes Ohr, ich glaube das linke. Daran werden Sie ihn erkennen«, sagte Berger und zog an seinem linken Ohrläppchen.

Muschalik nickte Lise zu, sie hatte mitgeschrieben und ließ das Protokoll ausdrucken.

Berger unterschrieb ohne zu zögern. Plötzlich sah er auf und sagte zu Muschalik: »Sie können die Wohnung jetzt haben, das wollten Sie doch immer.«

»Nein. Danke, ich verzichte. Die Geschichte dieser Wohnung gefällt mir nicht.«

Berger lachte auf.

22. Kapitel

Muschalik schlief zu Hause sofort ein. Die Nächte im Zoo und die furchtbare Enttäuschung über den »falschen« Albert, all das forderte Tribut, und plötzliche Müdigkeit befiel ihn wie ein gefährlicher Virus, gegen den er sich nicht wehren konnte. In Sekunden breitete er sich in seinem ganzen Körper aus und machte ihn bewegungsunfähig.

Irgendwann wurde er von Hundebellen ganz in der Nähe wach. Sofort fielen ihm Frau Kruse und ihre Schwester ein. Er sah auf die Uhr, es war drei Uhr nachmittags. Er hatte den halben Sonntag verschlafen.

Er wankte zu seinem Kleiderschrank und suchte seine alte Polizeimütze heraus. Zu seiner großen Überraschung fand er noch einen ausrangierten Schlagstock, den er an seinem letzten Tag im Dienst abzugeben vergessen hatte, und ein rostiges Polizeiabzeichen. Er setzte die Mütze auf, heftete das Abzeichen an das Revers seines karierten Schlafanzugs, nahm den Schlagstock in die Rechte und klingelte bei Frau Kruse Sturm.

Das Kläffen wurde lauter. Der Hund hatte eine unangenehme Tonlage erwischt. Frau Kruse öffnete ihm und strahlte, aber als sie erkannte, dass sich Muschalik im Schlafanzug befand, ließ ihre Freude nach. Er schubste sie beiseite und rannte mit kreisendem Schlagstock ins Wohnzimmer. Dem Hund verschlug es die Sprache, und Frau Kruses Schwester verschluckte sich am Likör. Köbes fauchte drohend auf seinem Fensterplatz.

»Hier ist ein Hund! Ich habe es gehört!«, rief Muschalik außer sich.

Der Hund, der ein harmloser Terrier war, versteckte sich unter dem Wohnzimmertisch.

»Hunde sind in diesem Hause nicht geduldet. Es ist bei Strafe verboten, Hunde in dieses Haus zu führen. Dies ist ein ordentliches Haus! Und ich bin Polizist. Ich werde unverzüglich Strafanzeige erstatten.«

»Mein Gott. Komm, Pipo«, lockte Frau Kruses Schwester entsetzt den Hund unter dem Tisch hervor.

Aber Pipo blieb standhaft. Schließlich musste sie ihn am Halsband hervorzerren.

»Und auch noch ohne Leine!«

Frau Kruse packte Pipo unter den Arm, nahm ihre Kroko-Handtasche und lief in die Diele. Frau Kruse reichte ihr dort hilfsbereit die Kostümjacke und öffnete die Wohnungstür.

»Adieu!« rief sie fröhlich hinter ihrer Schwester her, die sich in großer Panik die Treppen hinunterstürzte.

Was vom Tage übrig blieb, verschlief Muschalik – auch den sonntäglichen Tatort mit Kommissar Ehrlicher und Inspektor Kain.

* * *

Kraft weckte ihn am Montagmorgen. Da trug er noch das Polizeiabzeichen. Der Schlagstock und die Mütze lagen neben seinem Kopfkissen.

»Heute haben die Zwillinge ihren ersten Schultag. Willst du nicht dabei sein?«

Kraft hatte einen schwarzen Anzug angezogen mit weißem Hemd und roter Fliege. Muschalik fand, dass er aussah, als hätte er heute ebenfalls seinen ersten Schultag. Er warf einen verschlafenen Blick auf den Kalender. Der 14. August war rot angestrichen, und heute war der 14. August.

»Wo sind sie denn?«

»Unten im Auto. Beeil dich. Es ist gleich acht Uhr. Die Feier beginnt.«

Kraft setzte sich an den Küchentisch und wartete, dass Muschalik fertig würde. »Trägst du das öfter?«, rief er von dort.

Muschalik sah sich gerade im Badezimmerspiegel – das Polizeiabzeichen an seinem karierten Schlafanzug. Er strich sich die Falten aus dem Gesicht. »Ja. Nachts immer.«

»Dann ist alles klar. Ich dachte schon, es wäre etwas passiert. Professor Nogge haben wir übrigens wirklich glücklich gemacht, der Grizzly ist unschuldig, Nelly ist unschuldig, sein Zoo steht wieder gut da. Er meinte, der Bärentausch wäre ein starkes Stück.«

»Wann hat er es erfahren?«

»Gestern. Von mir natürlich.«

»Ha, ha!«

»Na ja, Dr. Behlert hat es natürlich viel früher festgestellt, als der Grizzly krank war, und er ihn gründlich untersucht hatte.«

»Und der hat nicht weitergeplaudert?«

»Doch.«

»Wer wusste es nicht?«

»Du.«

Alle hatten es gewusst, dachte Muschalik, und wollten einem alten Kommissar nicht die Freude an seinem letzten Experiment verderben.

»Übrigens, Kaspar wird in Köln bleiben, sagt Professor Nogge, sie wollen die Grizzlys nicht schon wieder umsiedeln, sie wollen sie nicht traumatisieren. Herr Meier war sofort einverstanden. Sie sehen beide von einer Anzeige gegen Nelly wegen Diebstahls ab.«

»Du tust, als wäre der Fall abgeschlossen.«

»Bis auf Albert ist er das doch auch.«

»Eben.«

»Die Fahndung nach ihm läuft.«

»Ich weiß«, sagte Muschalik. »ich glaube, ich fange an, ihn zu hassen, obwohl ich ihm noch nie begegnet bin.« Er stand in seinem guten Anzug vor Kraft. »Gehen wir, ehe ich es mir anders überlege.«

Im Auto versüßte Muschalik den Zwillingen den ersten Schultag mit folgender Mitteilung: »Kölner Schüler haben unter Aufsicht einer Lehrperson und gegen Bescheinigung des Schulamtes freien Eintritt in den Zoo.«

Aber sie waren in den Inhalt ihrer Schultüten vertieft und achteten nicht auf ihn.

In der Aula der Schule stand auch Frau Kruse. Sie trug einen Hut mit Schleier, Muschalik hätte sie fast nicht erkannt. Sie sah sehr würdevoll aus und winkte ihm wie eine Königin zu, und er trat zu ihr:

»Können Sie Löcher flicken?«, flüsterte er.

Sie nickte, und in ihren Augen stand das Misstrauen. Muschalik war sehr beruhigt. Den Rest der Veranstaltung verfolgte Frau Kruse unkonzentriert.

Die Erstklässler füllten die ersten Bänke und begannen ein eifriges Tuscheln. Sie verglichen Inhalt und Größe ihrer Schultüten und Rucksäcke. Kraft setzte sich auf den letzten freien Platz neben eine rothaarige junge Frau. Als sie sich herumdrehte, sah Muschalik, dass sie hatte, was die Zwillinge auch hatten, Sommersprossen wie Sterne und rote Kringellocken.

Zögernd blieb Muschalik im Mittelgang stehen und fühlte sich auf einmal überflüssig. Er trat neben Kraft und flüsterte: »Komm, das hier funktioniert auch ohne dich.«

Kraft sah ihn fragend an.

»Wir müssen Albert finden.«

»Der läuft uns doch nicht weg, gib mir noch eine halbe Stunde.«

»Nein.«

»Bitte.«

Muschalik wollte ihm keine Szene machen und verließ auf leisen Sohlen allein die Aula. Er nahm die KVB zur Worringer Straße. Vor Schorschs Kneipe stand ein Plakatständer mit der Titelseite der BILD Zeitung. »Zoomörder gefasst«. Muschalik regte sich auf, hob schon den Fuß, um dagegen zu treten, aber dann beruhigte er sich. Vielleicht ließ diese Botschaft Albert leichtsinnig werden.

»Gratuliere«, sagte Schorsch, beugte sich aus dem Fenster und stützte sich mit den Unterarmen auf die ausgebreiteten Zeitungen.

»Danke«, murmelte Muschalik.

»Du bist eben doch der Größte. Ohne dich ...«

»Hast du 'nen Cognac?«

»Aber nur Asbach.«

»O Gott. Egal, ich trinke heute alles.«

Schorsch köpfte eine Mini-Flasche Asbach für Muschalik, goss den Inhalt in ein Schnapsglas und sagte: »Prost. Den spendier ich dir.« Aus lauter Sympathie trank er einen mit.

Muschalik stürzte den Asbach in einem Zug herunter und schüttelte sich. »Da könnte ich auch Aspirin pur trinken.«

Schorsch lachte: »Stell dich nicht so an. Und jetzt bist du endgültig im Vorruhestand?«

Muschalik zögerte und sagte dann: »Theoretisch, ja.«

Schorsch war mit der Antwort zufrieden, verschwand im dunklen Innenraum und brummte von dort aus: »Na denn, tschüss.«

Muschalik ging über die Florastraße an seiner Wohnung vorbei zum Zoo. Vor dem Haupteingang erreichte ihn ein leichter Wind vom Rhein, nur eine Bö, und er entschloss sich, über die Fußgängerbrücke ans Niederländer Ufer zu gehen, er war lange nicht dort gewesen, und heute war es warm genug für ein Fußbad.

Er sah sie zwischen den Büschen in ihrem knallroten Sommermantel gebückt und knietief im Wasser stehen. Es sah aus, als ob sie Steine ins Wasser warf, und Muschalik dachte noch, sie übt, um ihn eines Tages zu beeindrucken. Aber nein, sie spielte nicht, sie fischte, wie ein Bär.

Als Muschalik näher kam, wurde ihm klar, dass sie nicht fischte, sie kämpfte. Sie drückte etwas unter Wasser. Etwas, das wieder hochkam und wieder unterging. Einen Ball, eine Kugel, einen Kopf. Mit ungeheurer Kraft stieß sie einen Körper vom Ufer ab.

Muschalik rannte los, riss sich im Laufen das Jackett herunter, ließ es hinter sich fallen. Der Körper trieb ab. Die Strömung des Rhein an dieser Stelle war beträchtlich. Muschalik lief am Ufer neben dem Körper her, an Land war er schneller als im Wasser, holte ihn ein, überholte ihn schließlich um einige Meter, stürzte sich ins Wasser und fing ihn auf. Er schwamm auf dem Rücken, als er ihn hinter sich herzog, schließlich ans Ufer schleppte und auf den Rücken drehte. Er kniete sich auf ihn, drückte mit den Fäusten immer wieder rhythmisch auf den Brustkorb, bis endlich Wasser aus dem Mund hervorquoll und der Körper sich bewegte sich, sich wehrte.

Muschalik sah in ein weißes, leicht bläuliches Gesicht mit dunkelroten Flecken.

Ein Mann, der zu atmen begann. Am Hals entdeckte Muschalik rote Würgemale. Als er den Kopf des Manne leicht zur rechten Seite drehte, sah er ein verstümmeltes Ohr.

Er hörte Schritte hinter sich und dann Nellys tiefe Stimme: »Das ist Albert.«

»Ich weiß«, sagte Muschalik, und wünschte, er hätte nicht den Helden gespielt, wäre nicht in den Rhein gesprungen, sondern hätte Albert dorthin treiben lassen, wohin er gehörte: auf den Grund des Meeres.

Nachwort

Professor Dr. Nogge, Direktor des Kölner Zoos, hat das Manuskript durchgesehen, und meinen Ausflügen in die Zoologie seinen Segen gegeben. Alle dichterischen Freiheiten hat er mir wohlwollend verziehen.

Auch Dr. Behlert, Tierarzt im Kölner Zoo, hat nicht gezögert seinen Namen für dieses »Projekt« zur Verfügung zu stellen.

Dafür danke ich beiden Herren ganz herzlich.

Da ich den Grizzly nicht befragen konnte, habe ich seinen Namen verändert, um seine Persönlichkeit nicht zu verletzen. Ich freue mich, dass er inzwischen einen Paten gefunden hat.

Ansonsten sind Ähnlichkeiten mit lebenden Personen rein zufällig und unbeabsichtigt.

KBV-KRIMI

Angelika Koch

Jemand wie Ginsterblum

KBV-Krimi Nr. 31
Taschenbuch, 250 Seiten
ISBN 3-934638-31-7

Ulrike Marx leidet unter dem heißen Eifelsommer – und unter dem Tod ihrer Freundin Aischa Ginsterblum. Die Marx glaubt allerdings nicht an die offizielle Version »Unfall mit Fahrerflucht«.

Die unerschrockene Zeitungsredakteurin Ginsterblum war einer höchst unheiligen Allianz von Bundeswehr, Polizei und Neonazisekte auf den Fersen.

Als ein Junge erhängt im Wald aufgefunden und Kommissar Ingelheim von den Ermittlungen abgezogen wird, ist klar: Es geht längst nicht nur um unappetitliche politische Verstrickungen. Jemand muss mehr zu verbergen haben als rechtslastige Gedanken. Ulrike Marx bekommt es mit offener Gewalt zu tun – und mit ganz kleinen, subtilen Gemeinheiten. Wie tröstlich, zu wissen, dass es Freunde gibt. Oder?

Angelika Koch

Das Wasser

KBV-Krimi Nr. 39
Taschenbuch, 253 Seiten
ISBN 3-934638-39-2

Die Riesenchance für Ulrike Marx: Flotte Werbetexte über Mosel und Eifel soll sie schreiben, um Touristenmassen anzulocken. Sie erwartet weinselige Gesänge und idyllische Maare. Doch nur zu bald erfährt sie, dass im Wein nicht immer Wahrheit liegt. Auch das Eifelwasser ist nicht so unschuldig wie es scheint.

Der Seelenfrieden der Heldin, die keine sein will, gerät arg durcheinander. Durch Tote, auf die sie bei ihrer angeblich harmlosen Arbeit stößt: ein Chemiker, der vom steilsten Berg Europas fällt, ein Geologe, der in den bräunlichen Fluten des Weihnachtshochwassers treibt, und eine Beamtin, die man erdrosselt im Innenhof der Manderscheider Oberburg findet.

Völlig überraschend entwickelt sich in dieser Gewalt eine Liebesgeschichte, mit der die Marx nie gerechnet hätte.

Klaus Wanninger

Schwaben-Rache

KBV-Krimi Nr. 49
Taschenbuch, 288 Seiten
ISBN 3-934638-49-x

Stimmen schreckten sie aus ihren Gedanken. Es mussten sich Männer unmittelbar vor dem Haus befinden, vielleicht sogar schon im Eingangsbereich. Sie stritten, wechselten zumindest einige deutliche Worte miteinander.

Sie musste die Schreibmaschine unbedingt als Beweismaterial sicherstellen. Warum hatte sie ihre Pistole nicht mitgenommen? Sie war aus reiner Vorsicht unbewaffnet ins Haus eingedrungen. Sollte das Unternehmen schiefgehen und sie des Einbruchs bezichtigt werden, konnte man ihr wenigstens nicht das Mitführen einer Waffe zum Vorwurf machen. Dummheit, unverzeihliche Dummheit.

Die Eingangstür unten knarrte. Das Licht im Erdgeschoss ging an. Irgendjemand war schon im Haus. Sie musste verschwinden!

KBV-KRIMI

Ralf Kramp

Tief unterm Laub

KBV-Krimi Nr. 11
Taschenbuch, 256 Seiten
ISBN 3-934638-11-2

Ein alter Mann wird überfahren. Nur ein Unfall? Einige Zeit später kommt sein ehemaliger Zivi beim Sturz aus dem Fenster seiner Dachwohnung ums Leben. Selbstmord? Laurentius Bock, Besitzer eines kleinen Copy-Shops, wird unfreiwillig in den rätselhaften Fall hineingezogen. Zusammen mit Lindy, der Freundin des jungen Mannes, versucht er, die Hintergründe der seltsamen Geschehnisse aufzudecken. Die Spur führt in die Eifel, doch auch hier ist die Welt nicht mehr in Ordnung, und das schon seit vielen, vielen Jahren.

»... Wirklich gelungen ... Brillant ... Sehr gut!«
(Jacques Berndorf)

»Kramps brillanter Krimi fesselt bis zur letzten Seite.«
(Das neue Buch / Buchprofile)

Ralf Kramp

Der neunte Tod

KBV-Krimi Nr. 44
Taschenbuch, 256 Seiten
ISBN 3-934638-44-9

Herbie Feldmanns dritter Fall. Er hütet das protzige Haus seiner Tante, und sein ständiger Begleiter Julius ahnt bereits Böses, als Herbie in jener kalten Winternacht einem Obdachlosen Asyl gewährt. Und er behält Recht. Tante Hettis Kostbarkeiten werden bei Nacht und Nebel gestohlen, und Herbie hat seine liebe Mühe, die teuren Stücke wiederzubeschaffen. Das kann er nur, wenn er den Landstreicher auftreibt. Der nennt sich »Mikesch«, wie der Kater, und glaubt, ebenso wie der, neun Leben zu haben und auch neun Tode. Und ganz plötzlich, auf schreckliche Weise, kommt schließlich auch der neunte ...

»... der lokale Meister des schwarzen Humors.«
(Kölner Stadt-Anzeiger)

Ralf Kramp

Still und starr

KBV-Krimi Nr. 51
Taschenbuch, 185 Seiten
ISBN 3-934638-51-1

Marcus Mathei kehrt zurück. Aus seiner gescheiterten Ehe heraus flüchtet er in ein kleines Nest in der Eifel, kehrt zurück an die Stätte seiner Jugend. Dort sucht er Ablenkung vom drohenden Scheidungsdesaster, Erholung von der Stadt und Ruhe von seinem nervenaufreibenden Job in der Werbeagentur, der auf der Kippe steht.
Doch als er in das Dorf zurückkehrt, in dem sich sein Vater, der Dorfarzt, vor Jahren das Leben nahm, wird es nicht nur eine Reise in seine eigene Jugend auf dem Land.
Alles deutet darauf hin, dass mit seiner Rückkehr auch der Tod Einzug in das Dorf hält. Die übel zugerichtete Leiche eines Bahnarbeiters wird gefunden, und es sieht ganz so aus, als würde dies nicht der einzige Tote bleiben.

KBV-KRIMI international

Christine Spindler

Im Rhythmus Der Rache

KBV-Krimi Nr. 86
Taschenbuch, 276 Seiten
ISBN 3-934638-86-4

Der erste Fall von Inspektor Frederick Terry von der London Metropolitan Police.
Die schöne und talentierte Jessica Warner lebt für den Tanz. Nicht einmal ihr eifersüchtiger Ehemann oder ihre traumatische Jugend können sie in ihrer Leidenschaft bremsen.
Als sie kurz vor der Premiere ihres neuen Stückes spurlos verschwindet, nimmt Inspektor Terry die Ermittlungen auf und entdeckt ein Netz aus Geheimnissen und Missverständnissen. Aber erst nach einem brutalen Überfall auf einen ehemaligen Liebhaber Jessicas erkennt Terry, in welch großer Gefahr sich die verschwundene Tänzerin befindet. Ein Wettlauf gegen die Zeit beginnt.

Burkhard Ziebolz

Das geheime Leben des Ettore Majorana

KBV-Krimi Nr. 53
Taschenbuch, 240 Seiten
ISBN 3-934638-53-8

Im Frühjahr 1938 verschwindet der italienische Physiker Ettore Majorana spurlos, nachdem er alle schriftlichen Zeugnisse seiner Arbeit vernichtet hat. War es Mord, Selbstmord oder Entführung? Majorana, der von Zeitgenossen als eines der größten physikalischen Genies seiner Ära bezeichnet wird, taucht nie mehr auf, weder lebend noch tot. Sein Verschwinden bleibt ungeklärt.

Burkhard Ziebolz nimmt die tatsächlichen Ereignisse von damals auf und verwebt Fakten mit Fiktion. Gerüchte über eine revolutionäre Entdeckung ziehen die Aufmerksamkeit der Geheimdienste auf den Wissenschaftler. Dieser versucht verzweifelt, der Bedrohung zu entfliehen …

S.J. Rozan

China Trade

KBV-Krimi Nr. 95
Taschenbuch, 240 Seiten
ISBN 3-934638-95-3

Zusammen mit ihrem Partner Bill Smith wird die Privatdetektivin Lydia Chin engagiert, um wertvolles Porzellan wiederzubeschaffen. Die Spur führt die Detektivin mit dem Gespür für Ärger direkt von der scheinbar makellosen Welt der Kunsthändler in die tödliche Welt der chinesischen Triaden.
In ihrem Debütroman entfaltet die *»Shamus«*- und *»Anthony«*-Gewinnerin S. J. Rozan die geheimnisvolle Welt von China Town in all ihren Facetten.

»Großartig! … Lydia Chin ist eine der reizvollsten Privatdetektivinnen überhaupt.«
(Susan Dunlap, Autorin von *»Als Anna verschwand«* und *»Nachts sind alle Katzen grau«*)